魍魎探偵
今宵
騙らず
綾里けいし
Keishi Ayasato
Ill.モンブラン
Mont Blanc

『魍魎探偵』は騙らぬ。

ただ、語るばかりだ。
立蔵碧
たちくら・みどり
立蔵みどり
たちくら・みどり

道は長く、
――ユミ

道は険しく、
それでもともに。
皆崎トヲル《みなさき・とをる》

「これで本当に仕舞いかい？」

「ええ、お仕舞いです。
なにせね、僕には、もう」

目次

魍魎探偵今宵も騙らず

綾里けいし

MF文庫J

口絵・本文イラスト●モンブラン

プロロォグ

ブウウウウウウウウウウウウウウウウウウウウウウウウウウウウッ！

さあさ、開幕のブザァが鳴り申した！
寄ってらっしゃい、見てらっしゃい！

今よりはじまりますは、語れば悲劇、謳《うた》えば喜劇の物語。
そのまえに、少しだけ、説明をばいたしましょうかねぇ。

恐怖の大王が降ってくると言われたのが一九九九年。それ自体は嘘《うそ》っぱちのまやかしだ。
だが、実際、この国はすとんと終わっちまったよ。その理由を問われれば、ただひとつ。

あの世とこの世が混ざったからさ。

いったいぜんたい、なにがあったのか。
どうして、ああして、こうなったのか。

常世と現世の境界は、失われちまった。

そうして、この国は地獄極楽と地続きになった。

で、あっちこっちに、幽霊、妖怪、幻獣、精霊といった怪異のたぐいが出現するようになっちまったってわけ。しかも、この国はすっぽりと見えない壁に覆われて、他国へ出ることも入ることも不可能となった。逃げ出そうとしたやつが、それに気づいたときは阿鼻《あび》叫喚《きょうかん》になったもんさ。果たして、外はどうなっちまってんのか。調べようにも、知ろうにも、確かめる術《すべ》がありゃしない。つまり、国外に助けも呼べないってわけだ。

この驚天動地の事態を前に、ときの政府は見事に麻痺《まひ》。人々はみんな大パニック。泣いて叫んで、お国の中は大騒ぎとなったのさ。混乱は十年くらいは続いたかねぇ。

そのあいだに、妖怪と人間の戦争まで行われた。

だが、まあ、人は慣れるもの。というか、慣れざるをえない。

なにせ、嫌がろうが嘆こうが、妖怪はあっちこっちにいるんだから。そうして、最近になって、ようやく人は落ち着いた。混乱期を越えて、やけくそ期に入ったってやつだなぁ。

今、この国は終戦直後くらいに逆戻りしたような状態にある。

夜市が立てられ、人々が粥《かゆ》をすすり、一部の富豪は憂さ晴らしの道楽に奔《はし》ってやがる。

だが、燃料不足もあいまって、インフラは一部機能しなくなった。常世が発展した科学を厭《いと》う性質をもつせいで、文明の衰退と荒廃も急激に進んだ。それでも、各自が自治体を設けたり、商売の網が張られたり、やれ、たんと儲《もう》ける人間がでたり、今度はそいつらがリイダァになって発電所や電車を動かしてくれたり——赤髭《あかひげ》連盟、さよなら同盟、豊穣《ほうじょう》商会、百鬼夜行商事、福々狸《たぬき》工業——とか、そんなへんてこりんな連中もでてきて、まぁいろいろあって、なんだかんだ、人間は日常ってやつを送ってるわけさ。つまりだね、人間ってやつは雑草のようにたくましい。

そうして中には当然、妖怪絡みの商売をするやつも現れるって寸法だ。

結果、人と妖怪の間には、『騙《かた》り』が横たわった。

ああ、そう、『騙り』よ。

今回はそれにまつわるお話。ぶっ壊れたこの国で、生きる馬鹿やろうたちのお話だ。

片や、キセルを手に事件を解く探偵。片や、くるくる回って姿を変える妖狐《ようこ》の小娘。

うん？　そんなら、おまえさんは誰かって？

お気に召されるな。拙者は語り部《かたべ》。所詮、プロロォグだけの存在よ。
皆様は席に着かれてくださいませ。さあさ、準備はよろしいようで。
此度《こたび》の演目は『魍魎《もうりょう》探偵今宵《こよい》も騙《かた》らず』
はじまり、はじまりぃ。

皆崎トヲル　みなさき・とをる
『魍魎探偵』として、妖怪絡みのいざこざに出向き、
そこにある「騙り」を暴く仕事をしている。
ユミとは深い因縁があるらしく……。
ユミ
皆崎の相棒の少女。
幼く見えるが、狐の妖で
長い時間を生きているという。

第一の噺《はなし》／人魚の騙《かた》り

とんからりんとん、からんからん、ぴしゃん。

とんからりんとん、からんからん、ぴしゃん。

奇妙な音が、軽快に鳴る。屋台街の提灯《ちょうちん》が並んだ温かな宵闇の中へ、不思議なひびきは明るく広がった。それでいて調子はずれな歌のごとく、その音色はどこか悲しげでもある。

とんからりんとん、のくりかえし。

ソレに惹《ひ》かれたのか、ひとりの青年が足を止めた。

切れ長の目の色は黒、長めの髪も同じ。背は高く、足はすらりとしている。それをくたびれたスーツで包み、彼は頭に山高帽を乗せていた。骨のめだつ手には、キセルが持たれている。その先からは細く煙がたなびいていた。

くいっと、青年は整った顔をかたむける。

「おや、まあ」

そう言う視線の先には、不思議な音の出どころがあった。

見世物小屋の店頭に――アサガオ形のトランペットと木製の歯車、車輪をいっしょくたにした――ヘンテコリンな手回しオルゴールが置かれていた。調教済みの猿にハンドルを回されながら、それはずっと同じ調子で歌をつむいでいる。

とんからりんとん、からんからん、ぴしゃん。

とんからりんとん、からんからん、ぴしゃん。

にぎやかな音で、客を呼びこもうというのだろう。また、華やかさを誇るかのごとく、小屋は色とりどりのペンキで彩られてもいた。だが、全体を囲う板はといえばペラペラだ。なんともうら寂しく、うさんくさい風情が漂っている。

入り口を塞ぐ分厚い幕の隙間からは、今日の出しものがちらりちらりと覗《のぞ》いてもいた。ぎらりとした鱗《うろこ》。たらりと垂れた乳房。もじゃもじゃと、海藻のごとくからまった髪。そして、濃くも生臭い魚の香り。

「人魚、か……」

カチリッ、青年はキセルを噛《か》んだ。

ひと吸い、ひと吹き、ひと言。

「今日も、人は騙っているねぇ」

「おい、デクノボー！　かわいい俺様が見ていないと、おまえってやつはすぐにこれだよ。そのまま、ぼーっと眺めてたらよぅ！　モンドームヨウで、見物料をとられるんだぜ！」

少年のような口調で、中性的な声が謡った。だが、その声の主はといえば、十四歳程度の小柄な少女だ。彼女は青空のような布地に、ひまわりが白く染め抜かれた柄の着物姿で、背中には紅《あか》い帯をリボン風に結んでいる。こちらは黄色い花で飾られた、長い髪は白。大きな目は紅。顔立ちはおそろしく美しい。一方で、鮮やかな服装に反して体には色素がなかった。見るものに混乱を招くような立ち姿をしている。

彼女の忠言に、青年はうむとうなずいた。

「それは困るねぇ。なにせ、ほら、僕には人の金の持ちあわせはないもんでして」

「ほれ見たことか。ならさ、俺様についてきな！　こういうときは逃げるが勝ちよ！」

パッと少女は青年の手をとった。彼をかっさらうようにして、彼女は獣じみたすばやさで駆けだす。少女の下駄《げた》のカラコロ鳴る音と、男の革靴のカッカッと鳴る音がかさなった。

ふたりが離れた直後のことだ。見世物小屋の中から、あこぎそうな店主がでてきた。間一髪、少女と青年は難を逃れる。太い腕を振り回しながら、店主は大声で叫んだ。

「バッカやろうが！　うちの人魚を見たのなら金を置いてけ！　ただじゃねぇんだぞ！」

「やなこった！　そっちこそバカやろうでぃ！　小屋に入ってもいない客からふんだくろうなんざ、でっぷり重たい腹ん中が黒いぜ！　それに、その人魚、どーせ偽物だろう！」

「本当の人魚は、見世物小屋にも飾れるだけの希少な高級品。だからこそ、あそこまで嫌な魚の臭いなんてしませんからねぇ」

走りながら、青年はのったりのたのた口にした。だが、声の調子に反して、彼は駆けるのが速い。あれよあれよという間に、ふたりは店主を置き去りにした。

そうして、足を止める。

屋台街は遥《はる》か後方。気がつけばあたりは濃い暗闇に包まれていた。遠くで森がざわざわと鳴く。道沿いには争乱期に捨てられたのであろう廃屋がぽつり、ぽつりと残っていた。

ここらへんは、路面も十分に舗装されていない。石ころを蹴っ飛ばして、少女は言った。

「よぅ、皆崎《みなさき》のトヲルよう！」

「なんだい、ユミさんや」

「今回は、その人魚から手紙がきたんだろう？」

人魚からの手紙。さも当然のごとく、ユミと呼ばれた少女は不可解な事柄を問う。

皆崎トヲルと呼ばれた青年もまた、あっけらかんと応じた。

「ああ、あなたさんの言うとおり、人魚からの手紙をもらいましたよ」

螺鈿《らでん》の細工も見事なキセルを、彼はガチリと咥《くわ》える。走りながら振っていたというのに、その火は絶えていなければ、灰もこぼれてはいない。皆崎はひと吸い、ひと吹き、ひと言。

「今にも食われそう……とのことでして」

人魚から救いを求める手紙を送られる。

皆崎《みなさき》トヲルにとってそれはなんら異常事態ではない。それどころか、この世にはもっと摩訶不思議《まかふしぎ》なことがあふれていた。その中のきれっぱしをあつかうのが皆崎の役割だ。

人は、妖怪は彼をこう呼ぶ。

『魍魎《もうりよう》探偵』、皆崎トヲルと。

＊＊＊

『魍魎』とは、通常、山や石や水に宿るもののことを指す。だから、正確には『妖怪』探偵だ。けれども、『字面に威力が足りねぇや。もっと複雑怪奇なほうがいいぜ』という、ユミのワガママな希望により、皆崎は『魍魎探偵』を名乗ることとなった。

もちろん、そんな職業が成立する時点で、ちょっとばかし世がおかしいのである。

人魚——水妖が人間に手紙をだすなど、昔は夢幻の御伽噺《おとぎばなし》のただの伝説。あるいは誰かの妄想だった。つまり、あってはならないことである。

だが、常世とこの世が『ひょんなことから』繋《つな》がってしまい十年。

幽霊も妖怪も幻獣も精霊も、あらゆる怪異は人間の隣人と化した。

彼ら相手に戦争まで起こしたものの、人は十年かけて混乱期を乗り越えたのだ。そこから更に時間を経て、今ではなんとか日常を取り戻しつつある。それでも、いや、だからこそ怪異絡みの事件は尽きない。あちこちのチンドン騒ぎには定期的に妖怪が巻きこまれた。妖怪はときおり人を食らう。だが、それ以上に、人間は悪食だった。

妖怪の売買、捕食、殺害行為――そして妖怪を利用した犯罪も様々に起こされた。

あちこちで妖怪絡みの事件は後を絶たず、人々はさまざまな嘘《うそ》を騙《かた》った。

やれこれは妖怪の仕業だ、あれも妖怪の仕業だと、犯罪者は嘘をつく。それらの事件は、たいがい人の手には余る怪異とセットだ。そのため、元々国家権力が崩壊状態にあることからも警察の力には頼れず、専門の解決家が求められた。

それこそが、『魍魎探偵』である。

国の混乱期、争乱期を越えた安定期――またの名をやけくそ期――の今、皆崎は妖怪と『騙り』にまつわる事件を解決して回っていた。招かれたり、嗅ぎつけたりして、『魍魎探偵』は事件の起きたり、これから起きる場所を訪れる。そこではナニカやダレカが、皆崎《みなさき》のことを求めていた。それらのケェスと、此度《こたび》の人魚の手紙の招きは同じものだと考えられる。つまり、此度も、また。


解決を望む、事件が待っている。

カラン、カランカラン、カラン。


「すみませんです。よい晩で。どなたかいらっしゃいませんでしょうか？」

皆崎は声をはりあげた。金の力で整えられた地区へと、ふたりは移動をしている。豪華に装飾された鉄門にさげられた鐘を、彼は再び鳴らした。カラン、カランカラン、カラン。虚《むな》しく音がひびく。遠くに見える洋風の屋敷は静かだ。人の応える気配はまるでない。

舌打ちして、ユミは腕まくりをした。

「ええい、めんどくせぇ！　おい、皆崎のトヲルよう！　いっそ、押しいっちまおうぜ！」

「ユミさん、あなたさんねぇ。ちょっとばかり気が早いですよ。焦ってカリカリしても得はなし。そいつは悪い癖ってもんです」

「そんじゃあ、どうするってんだい！」

「待ちましょうや。我々みたいなのは招かれて入るのが一番……おっと」

そこで、ギギッと目の前の門が開かれた。

暗がりから、ひょっこりと着物姿の女が姿を見せる。白粉《おしろい》の塗られた顔は美しい。長い黒髪は艶《つや》やかかつ見事に結いあげられ、象牙の櫛《くし》で留められていた。そこから毛皮を巻いた肩を通って爪先まで、たんまりと金をかけられている事実が見てとれる。

あからさまなほどに、上流階級の人間だとわかる女であった。

皆崎は、山高帽を胸に押し当てた。意外な心持ちで、彼は口を開く。

「おやおや、これは驚きましたね。まずはメイドさんか、女中さんの出てくるのが、こういった屋敷での定石ってもんだと、僕なんかは思うのですが？」

「使用人はなにかと存在がわずらわしく、全員に暇をだしました……そういうあなたは、誰なのです？　当家になんの御用でしょう？　もしや、主人の知りあいで？」

「いやあ、僕はね。ご主人の知りも知らないような生き物でして」

「あら、ならば物売り？　歌唄い？　夜語り？　お帰りなさい。当家には必要ありません」

そう、夫人はシッシッと手を振った。彼女は鉄の門から離れようとする。

細く、女の自信をたたえたしなやかな背中。それに、皆崎は呼びかけた。

「まあ、お待ちなさいや。僕が頼まれたのはあなたさんじゃない。人魚です。人魚に頼まれごとをしたのです。『今にも食べられそうだ。助けて欲しい』と」

「それは、いったい……」

「水妖の求めるところ、人の手には負えない異常事態が起きているはずだ……ああ、それなのにそれなのに。ここではなにも起きていないと、あなたさんは言いはるおつもりで？」

「ええ……なにも、なにも起きてなどおりませんもの」

ことり、女は首をかたむける。白く塗られたその顔は、まるで闇に溶けかけた半月だ。

分厚い唇に、女はふてぶてしい笑みを浮かべた。

「本当に、ほほっ、異常など。ほほっ、なにも」

ガッと皆崎《みなさき》はキセルを噛《か》んだ。

ひと吸い、ひと吹き、ひと言。

「騙《かた》るねえ、人間は」

「ええ？　あなた、なにをおっしゃって」

「――――『魍魎《もうりよう》探偵、通すがよかろう』」

不意に、皆崎は言い切った。今までのどこか眠たげな口調とはまるで違う。命令するかのごとき物言いで。瞬間、夫人はぐるりと目を回した。ぐる、ぐる、ぐるぅり。あちこちに眼球は向く。そうして混乱する彼女へと、皆崎はふぅっと細く、白色の煙を吹きかけた。

「僕を通すこと。それすなわち、必ずあなたさんのためにもなるんです。行きはよいよい。帰りはあなたさんの知ったことじゃない。さあ、さあ、僕を通すがよかろう」

「あ……い」

かくりかくりと、うなずき、夫人は門を開いた。どうぞと、彼女はお辞儀までする。

あーあと、ユミは頭の後ろで手を組んだ。呆《あき》れたように、彼女は頬《ほお》をふくらませる。

「ほうら、けっきょくこうなるんじゃねぇか！　だったら勝手に押しいったって似たようなもんだったろ！　皆崎のトヲルがひと吹きすりゃ、揉《も》めようがそれでしまいなんだぜ！」

「ユミさん、乱暴を前提にするのはよくありませんよ。僕はそういうのは好きませんので」

「ケッ、よく言うぜ、トーヘンボク！」

バンッと、ユミは皆崎の背中を叩《たた》いた。結果、自分のてのひらのほうを痛めたらしい。

きゃあっと、彼女は飛びあがった。これまたいつものことである。

やれやれと、皆崎は肩をすくめた。そして、カツンと歩きだす。

邸内へと向かう、くたびれた背中。

それに夫人の声が追いかけてくる。

「あっ……でもぉ」

「なんでしょうか、ご夫人」

「人魚でしたよね……人魚、人魚、人魚でしたら」

そして、夫人はツィッと笑った。

妙な猫撫《な》で声で、彼女は続ける。

「一年前に、家族みんなで食べてしまいましたよぉ」

＊＊＊

どばばんっと、ソレは飾られていた。

銀糸で唐草模様の縫われた壁紙。そのうえに金の額縁がかかげられている。中には、バーンッと墨絵に似たものが入れられていた。人間の上半身に魚の下半身。豪快かつどこかマヌケな、人魚の魚拓である。この家の主人が釣りあげたあと、記念にとったものらしい。

それを見て、ユミはうへぇっと舌をだした。

「魚じゃねぇんだぞ」

「まあ、人魚は食べられる水妖ですからね。しかも美味で、副次効果のオマケもつく。マグロなんかよりは、立派な釣果と言えなくもないですよぉ」

「んじゃ、クジラと比べたらどうなんでぃ」

「ユミさん、クジラを人間の手で釣れたらねぇ。あなたさん、そりゃすごいですよ」

のんきものんきに、ふたりはあーだこーだと言葉を交わす。

『人魚の魚拓』は、大階段の踊り場にどどーんっと飾られていた。つまり、皆崎《みなさき》たちもまた、玄関ホールを見渡せる紅《あか》い絨毯《じゅうたん》のうえに立っている。

そうして一階から高い声をかけられた。

夫人、改め――立蔵美夜子《たちくらみやこ》夫人である。

「皆崎様、ユミ様。家族がそろいましてございます」

「おー、そうですか。あなたさん、わざわざすいませんです。ご苦労様です」

皆崎は応える。首を伸ばして、ユミも一階を覗《のぞ》きこんだ。

ダンスができそうなほどに広々とした空間には、美夜子夫人の他に数名が集まっている。

口髭《くちひげ》の立派な肥満気味の旦那、成人済みの息子、片方は車椅子に乗った可憐《かれん》な双子の姉妹。

両腕を広げて、美夜子夫人は家族のことを誇らしげに示した。

「こちらに集うはみながみな、人魚の肉を食べたものたちでございます！　ですが、言葉だけでは信じがたいことでしょう！　今から、その証拠をお見せいたします」

「いやあ、嫌な予感がするので、僕は見たくないなぁ」

「まあ、まあ、ご遠慮なく！」

そう言い、美夜子夫人は手を伸ばした。いつの間にかぶらりと垂れていた鎖を、彼女はえいっと引く。みしみしっと嫌な音がした。

瞬間、どーんっと、一階の天井が落ちた。

「うわー」

「あれま」

皆崎《みなさき》とユミ――階段踊り場にいたふたりは、難を逃れる。だが、一階にぽつり、ぽつりと立っていた面々は、哀れ下敷き。ペッシャンコだ。やがて、キリリ、キリリと歯車の回る音が鳴った。自動的に、吊《つ》り天井は持ちあげられていく。それは元の位置へともどった。

みょーんと潰れた肉が伸びる。

したしたしたと、血が滴った。

だが、突然それは動きだした。

まるで粘菌生物のごとく、血と肉は蠢《うごめ》く。グネグネにちゃにちゃと、紅色はくっつき、醜悪な団子と化して、薄い皮膚に覆われた。やがて、それらはふたたび人の形を構成した。

潰れた車椅子はそのままで、服もまたくしゃくしゃだが、全員が生きている。

ほへーっとユミは感心の声をあげた。

ガツンッと、皆崎はキセルを噛《か》んだ。

「ああ、なるほど、わかりやすい。人魚を食べれば、そのときから副次効果で不老不死になれる。なるほど、なるほど。つまり、あなたさんたちは本当に食らっちまったんだねぇ」

「ホホホホッ、そうですわ。一年前に、みなで美味《おい》しくいただきましてよ。だから、こんなドロボウだって一網打尽な、便利なカラクリも造りましたの。でも、使用人もぺしゃんこになってしまうものですから、私たちだけで暮らしたほうが不便がないのです、ほほっ」

「ゲゲッ、暇をだしたんじゃなくって、殺してんじゃねぇかよぉ」

「本当は逮捕したほうがいい家族ですねぇ。でもなぁ、証拠はあるのかなぁ。どっちにしろ、ずいぶんと前の物証を探して、捕まえて、裁いてくれる機関なんざ今はないですしね」

「まったく、無法地帯もいいところだぜ！　この国はよぉ！」

イーッと、ユミは嫌そうに口をひん曲げた。

その頭を、皆崎はぽんぽんと撫《な》でてやる。両手をあげて、ユミはジタジタした。

「あーっ、皆崎のトヲルの野郎め！　俺様を子供あつかいしやがってるな！　てやんでぇ、ちくしょうめぇ、いいぞ、いいぞ、もっと撫でろぃ！　ナデナデしまくれぃ！」

「うーん、あいかわず、ユミさんは撫でられるのが好きなのか嫌いなのかわからないもんですねぇ。で、さてはて、皆、死なないと見せられた以上、人魚を食った証明は終わった」

ひと吸い、ひと吹き、ひと言。

皆崎トヲルは、細く吐きだす。

「なら、誰が人魚を騙《かた》ったっていうんだろうねぇ」

＊＊＊

「どーすんだよ、皆崎のトヲルよぉ」

「なにがですか、ユミさんや」

「人魚に助けを求められたってのに……書いてあった屋敷まで来てみたら、ソイツは一年も前に喰《く》われちまってるんだぜ？」

美夜子《みやこ》夫人に案内された客間は、紺色のカーペットの美しい、上品な場所だった。そこで腰に手をあてて、ユミは言う。それから、かしこい俺様にもお手あげだぜーっ！と立派なベッドに飛びこんだ。もふもふの羽毛布団を、彼女はぞんぶんに両手でモミモミする。

それから大の字になって、皆崎《みなさき》にたずねた。

「まさか、手紙の住所をまちがえてました！なーんてオチはねぇよなぁ？」

「ユミさんねぇ。あなたさんは、僕をどんな間抜けだと思っているんだい？」

「かわいい俺様がいないとまるでダメな、トーヘンボクの皆崎のトヌル野郎」

「ふむ……まあ、確かに、僕にはユミさんがいないとダメなところはありますね」

揺り椅子に腰かけつつ、皆崎はうなずく。おおっと、ユミは顔を跳ねあげた。

見えない尻尾をブンブンと振りつつ、彼女は声を弾ませる。

「なんでぇ、今日はやけにすなおじゃねぇか！　おっちつかねぇなぁ！　もっと褒めてもいいぜ！　ほらほらぁ、かわいい俺様が、こんなに喜んでやるからよぉ！」

「ユミさん、褒められるとすぐにぐにゃんぐにゃんの骨抜きになっちまうのは、あなたさんのよくない癖ですよ。まあ、僕はそんなところを嫌いじゃないですが」

くすりと、皆崎は口の端をあげる。ガチンと、彼は続けてキセルを食んだ。フゥッと宙に輪を作りながら、皆崎は煙を吐きだす。揺り椅子を意味なく前後に漕《こ》いで、彼は語《は》った。

「住所はまちがいござんせん。僕の貞操にかけて誓いましょうか」

「ソイツは固《かて》ぇな」

「固いよ。それに、人魚の希少性を考えれば、二匹も三匹もいろんなところで釣れるのは話がおかしい。なら、助けを求めてきたのは、『この家の人魚』にほかならんでしょうね」

「ケッ、なら、胃袋の中から手紙を書いたってか？」

「そう、今だとそういう話になっちまうんですよね。だが、そいつはおかしいや。『声』はたまに、死者からも届くことがある。けれども、『手紙』は生者がだすもんですから……だからね、さてと、ユミさん」

ぐっと、皆崎は後ろに体重をかける。ぎりぎりまで、彼は揺り椅子を倒した。それから、ぐらりんと戻す。勢いをつけて、皆崎は立ちあがった。そうして、山高帽をかぶりなおす。

「ちょっと、ひと調査、行こうじゃありませんか？」

＊＊＊

「真実の愛、というものをご存じでしょうか？」

応接間にこれ以上なく真剣な口調がひびいた。その問いかけはまじめでまっすぐで重い。

こっそり、皆崎《みなさき》とユミは視線をあわせた。そしてどちらからともなく前を向き、ふるふると首を横に振った。ふたりは真実の愛も恋も、贋作《がんさく》の愛も恋もまるで知ったことではない。

「ダメですね、あなたたちは」

皆崎たちの前に座った男性は深々とため息を吐《つ》いた。濃い隈《くま》と痩せすぎの体、油をべったり塗ってぴしっと固めたオールバックが特徴的な美夜子《みやこ》夫人の長男だ。名を一輝《かずき》という。

ふたたびハァッと、彼は当てつけじみたため息を重ねた。

「まるで生きている価値のない愚物。血と糞《ふん》が詰まっているだけのぐずぐずとした肉袋だ」

「おいおい、一輝の兄さんよ。そいつは言いすぎってもんじゃねぇのかい？　本来は温厚な、かわいい俺様が万が一にでもブチキレちまう前によ、謝ったほうがいいってやつだぜ」

「ユミさん、あなたさんね。腕まくりをしながら言う時点で、もうキレてやがりますって」

「……ああ、そうだな。私が悪い」

威嚇する声に、一輝は悔いるように応えた。革張りのソファーに座り直して、彼は両手を組みあわせる。続けて深々とため息を吐いた。皆崎は首をかしげ、ユミは目を丸くする。

「へっ」

「おっ」

「くっそ、ダメだ！　もうしわけない！」

「急に謝られてもよぉ……なんかこれはこれで気味が悪ぃな」

「ユミさん、それは失礼ですよ。でも、確かにあなたさんもかなりすなおに謝りますねぇ」

　感心と呆《あき》れが半々の声を、皆崎はあげた。

　そのまえで、一輝はぴしっとしたスーツに包まれた自身の肩を強く掻《か》き抱いた。ふむと、皆崎は眉根をよせる。その理由はといえばあまりにも一輝の表情が恍惚《こうこつ》としていたためだ。

　声をはりあげ、彼は語りだす。

「愛《いと》しい人と永遠にひとつになれた！　しかも、彼女の血肉は私を老いさせず、殺さず、強く生かし続けている！　この歓喜が、この恍惚が、この真の愛が、喰《く》わないものにわかるわけがありませんでしたね！　恵まれたものとして、私は神のごとく寛大であるべきでした！　いやはや、愚物を愚物とバカにして本当にもうしわけない！　謝罪しましょう！」

「……おい、皆崎のトヲルよぉ。コイツはマズイ域にいってるやつだぜぇ」

「うん、僕もそう思うとも。人魚に恋する人間は別に珍しくはないが、コイツはちょっとうっとうしいや。それに語りはするが『騙《かた》り』ではない。おいとまするとしやしょうか？」

「そいつがいいや」

皆崎《みなさき》とユミは、そっとソファーから立ちあがった。

同時に、一輝《かずき》も流れるように腰をあげる。だが、彼は――暖炉の前を横ぎる――皆崎たちの様子を見てはいなかった。宣誓するように片手をあげ、一輝は語り続ける。

「私という人間ハァッ！　まず、水槽に入っている彼女を見たときに、運命の恋に堕《お》ちたのであります！　ならば、人魚たる彼女の捌《さば》かれる運命を悲しむべき？　いいえ、それは凡人の発想であります！　食とは愛《いと》しき人といっしょになること！　つまり、究極の求愛行動！　その証拠に、彼女のうす桃色の肉はプルプルと震え、私に喰《く》われることを切望しておりました！　そう、刺身のあの醤油《しょうゆ》の弾《はじ》きこそ、彼女の私に対する愛の証《あかし》なのであります！　この崇高かつ汚し難き、純粋な愛の形を、私は論文にまとめ然《しか》るべき学会へ……」

こそこそと、ふたりは応接間を後にした。部屋の外にでると一輝の声は遠ざかる。ばたり。ユミが扉を蹴り閉めても彼は気づきもしない。呆《あき》れたと、ユミは大きく肩をすくめた。

「学会ってさ。どこにそんな酔狂なモンを投げるつもりなんだ？」

「うーん、妖怪食の学会はありますから。内容次第じゃぁ、歓迎される可能性も……」

「あんのかよ。ぶっそうだな、おい！」

「それはね、食は人間の本能に基づきますから、学会の中でもまっさきに作られましたよ。最初は確か……鍋島《なべしま》秘密結社から端を発して、三年後に正式に認められたんだったかな？」

「ぺっぺ、嫌な話じゃねぇか！」

「さてと、ユミさん。我々は次へ行くよ」

クイッと、皆崎はキセルの先を揺らす。

はいよっと、ユミは投げやりに応えた。

＊＊＊

「う……っ……あっ……あぐっ……ああっ……アアア……」

男のうめき声が聞こえる。

だが、それだけならば、べつにどうということはない。

皆崎もユミも、人間の悲鳴のたぐいなんぞ、聞きなれている。今の問題は、『だからこそわかる』のだが、その声が苦痛というよりも、恍惚《こうこつ》と快楽をうったえていることだった。

館の奥にもうけられた黒い扉。それを前に、ユミは眉根をよせる。

「なぁんか、嫌ぁな予感がするぜぇ。皆崎のトヲルよぉ」

「ハハッ、きもちはじゅうぶんにわかりますけどねぇ、ユミさんや。あなたさん、『虎穴に入らずんば虎児を得ず』ってコトワザは知っているでしょう？」

「虎の子なんてかわいいもんが、いるとは思えねぇんだよなぁ」

「まあまあ、そう言わず」

「ママアも、パアパアもあるかい！」

「……では、失礼をして」

「俺様の話を聞けってんだ！」

ガチャリと、皆崎《みなさき》は真鍮《しんちゆう》のドアノブを回した。ゆっくりと、重い扉を開く。

うす暗い部屋の中、美夜子《みやこ》夫人がハッと振り向いた。はてさてしかし先ほど聞こえた声は男のものだったが……。そう首をかしげたあとに、皆崎とユミはある異常に気がついた。

「えーっと、ご夫人。その姿は、僕の知るものとは違うようですが？」

「こちらは、舞台衣装のようなものですわ」

「舞台衣装」

「あるいは真の姿とも言えます」

「真の姿」

美夜子夫人の服装は上品な着物から革製の衣装に変えられていた。しかも、面積が少なく局部しか隠れていない。意外とその太ももがムチムチしている事実をふたりは学んだ。

そして——部屋の奥——濃い暗がりの中にもナニカがいた。

それを見て、ユミはゲーッと蛙《かえる》が潰れたような声をあげた。

控えめに表現するのならば、そこにいたのは『百舌鳥《もず》の早贄《はやにえ》』であった。杭《くい》で貫かれた裸の人が、蠢《うごめ》いている。床のうえには、血液やら排泄物《はいせつぶつ》やらが悪臭とともに広がっていた。

ガツンと、皆崎はキセルを食《は》んだ。ふうっと、彼は煙を吹きだす。

「ふーむ、『後ろ』のは、ご主人さんですねぇ。まさかのまさか。串刺しとは。そのような痛々しい目にあわせるとは、憎しみでもおありで？」

「まさか！　なにをおっしゃいますの！　夫はいつでもかわいく、コロコロふくよかな、大切な私のベイビーちゃんですわ！」

「はぁ、べいびーちゃん」

「それよりも！　いかにお客様といえども、夫婦の営みにいきなり土足で踏みこむのは、私、いかがなものかと思いますわね！」

ツンッと、美夜子夫人は鼻を高くあげた。キーキーバタバタ。賛同するように、串刺し中の旦那氏も両腕を振り回して暴れる。ケッと、ユミは口を挟んだ。

「もてなしもなんもないまんま、客を放って、勝手におっぱじめといてなにを言ってやがるんでぇ！　それよりも、こんな物騒なことが夫婦の営みたぁ、どういうことなんだぁ？」

「サディズムとマゾヒズムですか？」

ぼそっと、皆崎はたずねる。

ぱああっと、美夜子夫人は顔をかがやかせた。堂々とうなずき、彼女は誇り高く語る。

「そのとおりですわ。ご理解いただけて助かります」

「つまりは趣味。つまりはプレイの一環。これも性の営み、と……えーっと、こういう過激なことをやるようになられましたんは、人魚の肉を食べて以来で？」

「ええ。普通の肉体のときは鞭打《むちう》ち程度で満足をしていたのです。しかし、今や死なない体を得たのですもの。私たちは、究極に挑戦しているのですわ」

「究極に挑戦」

「今日は肛門《こうもん》から口までを貫いて、意識を保てるかどうかを試す約束でして。朝からワクワクしておりましたのよ。お客様のために予定は変えられなかったのです。ね、あなた？」

後ろの裸身がジタジタと動いた。どうやら、美夜子《みやこ》夫人の言うとおりのようだ。

合意らしい。

シミのない頬《ほお》についた血も鮮やかに、美夜子夫人は恍惚《こうこつ》としながら語った。

「アア、人魚の肉は、心からすばらしいわ！」

「なるほど、なるほど。合意ならばケッコウ、ケッコウ、まことにケッコウ。ここには『騙《かた》り』もない。さぁ、次に行きましょうか、ユミさんや」

「……おーっ……まったく、かわいい俺様は疲れちまったぜ」

「それでは、おじゃましましたね。ごゆっくり、お楽しみを」

ひらひらと、皆崎《みなさき》は手を振った。美夜子夫人はうなずく。するりと、ユミは外に出た。

皆崎も後を追う。しばらくして、快感ここに極まれりといった叫びと共に、頭か内臓だかが、床に落ちる濡《ぬ》れた音がひびいた。全身をぶるりと震わせて、ユミは高い声をあげる。

「痛そうじゃねぇかぁ！　ひんひん、わかんねぇ趣味だぜ」

「まあ、ユミさんはそうでしょうねぇ。あなたさんは、それでいいんですよ」

「おっ、おっ、褒めてんのか？　もっと褒めるか、皆崎のトヲルの野郎よぉ」

「その前に、次の部屋に行くとしませんかね？」

ガチリ、キセルを食《は》んで、皆崎は提案する。

このトーヘンボクとユミはその足を蹴った。

＊＊＊

バン、バンバン、ババンッ！

続けて、皆崎たちは二階へと向かった。館の持ち主である夫妻は、『お楽しみ』のまっさいちゅう。ならば、遠慮など必要ない。むしろ、今のうちだとすら言えた。

二階の回廊に並んだ扉を、皆崎はバンバンと片っ端から開けていく。

やがて、彼は『当たり』を見つけた。

「まあ、無作法ね！」

ガチャリッと、小さな扉を大きく開いた瞬間だ。

鈴を転がすような声が、コロコロとひびいた。

「あいさつをして、それから開いてくださるものよ。無理に押し入るなんて、初夜のベッドでのふるまいも知れるというものですわ」

「これは失敬しました。でも、僕の貞操はそんじょそこらの女子よりも確かなもんでして。つまりは、いらぬ心配はご無用というやつです」

謝るように、皆崎《みなさき》は山高帽を持ちあげた。

それを見て、双子の少女の片方——先だって夫人から紹介されている姉のみどりはくすくすと笑った。ピンク色の部屋は、子供用に造られた場所らしい。天蓋のあるベッドもぬいぐるみ専用の棚も、ごてごてしく、砂糖菓子のように飾りつけられている。その中心に座す車椅子へと、みどりは身を寄せた。

「あら、私の思ったよりも、おかしな殿方なのね！　身持ちの固い男なんて、つまらないにもほどがあるじゃないの！」

「それはよぉ、おもしろいのか、つまんねぇのか、いったいどっちなんだい……ッタク、この屋敷の連中は。全員わけがわからねぇぜ」

「ねぇ、碧《みどり》もそう思うわよね？」

「……うん」

車椅子のうえの妹——碧《みどり》というらしい——は小さくうなずいた。焦げ茶色の髪に、同色の目をした、大人しい印象の娘だ。ぺったりと、姉は張りつくように彼女へと両腕を回す。白くまろやかな碧の頰《ほお》にみどりは頰をつけた。妹に産毛を触れさせて、みどりはささやく。

「見てわかるとおりに、私たちはとっても仲良しさんですのよ。そうでしょ、碧？」

「ええ……姉さんは、飛び降りて、半月前に足を切断した私を、支えてくれているのです」

「飛び降りたんですかい？　半月前に？　それで、足はダメに？」

くるり、皆崎《みなさき》はキセルを回した。

こくり、碧はうなずく。じっと、彼を見つめながら、彼女は語った。

「ええ、高いところからまっすぐに落ちて、足で着地しましたの。いつもなら、体はすぐに治るのに、足だけは回復が起こらなくて……二本ともずたずたになって、ちょっきん、切るしかなくなったのです」

「あら、なんでまたそんな」

「碧をいじめないであげて！　そんなこと、いちいち聞くものじゃなくってよ！　お兄さんは、こなれた女に対して、なぜ処女じゃないのかを、いちいち問いつめるタイプかしら」

「あなたさんねぇ。それは男性にとっても、女性にとっても、よくない発言ですよ」

眉根を寄せ、皆崎は苦言をていした。対して、みどりはコロコロと笑う。

不意に、碧が口を開いた。意を決したかのように、彼女は声を押しだす。

「……あのう」

「さっ、さっ、もう行っておしまいなさいな。人魚を探しにきたというけれども、おあいにくさま。あの肉は、二度と食べれはしないのよ。帰ってちょうだい」

ガチリと、皆崎はキセルを食《は》んだ。

ひと吸い、ひと吹き、ひと言。

「見つけた。『騙《かた》り』だ」

「『騙り』？」

なんのことかと、碧は目を細める。その前で、ユミはぴょんっと跳びあがった。見えない尻尾をブンッと振って、彼女は声を弾ませる。

「なら……やるってのかい？　皆崎のトヲルよぅ！」

「ああ、そうですともさ」

皆崎は、山高帽を持ちあげた。双子の姉妹はきょとんとしている。

パンッと、ユミは手を叩《たた》いた。

パンッ、パンッ、パパパパパパパパパパパッ、パンッ！

柏手《かしわで》のごとく、音のひびく中、『魍魎《もうりょう》探偵』は宣言する。

「これより、『謎解き編』に入る」

一年前に美味《おい》しく食われた人魚から。

なぜ、助けを求むる手紙が届いたのか。


パンッと、ユミは音を鳴らした。

「乞う、ご期待！」

＊＊＊

「あれ？」

「あら？」

「うぐ？」

「あら？」

「あら？」

五つの声が集まった。

未《いま》だ、片手をあげて直立している一輝《かずき》、革で局部を隠しただけの美夜子《みやこ》夫人。今は両手足を落とされている旦那氏。そして、双子の姉妹のみどりと碧《みどり》。

人魚を食べた家族のみんなが、玄関ホールへとそろえられる。

だが、彼らは自力で移動したわけではない。摩訶不思議《まかふしぎ》な力で飛ばされてきたのだ。

そして奇怪な行為をなしたものはといえば、大階段の半ばに座っていた。悠々と長い足を組んで、皆崎《みなさき》はガツンとキセルを食《は》む。ひと吸い、ひと吹き、口を開いた。

『魍魎探偵《もうりょうたんてい》』は騙《かた》らぬ。

ただ、語るばかりだ。

「そもそも、『人魚とはなにか』？」

「べべんべん」

「『人魚を食うと不老不死になる』。まず、ここからしておかしいんですよ。妖怪とはいえ、人魚も生き物。生物はおしなべて、自らに有利となる方向へと進化する。そのはずが、『人魚自体は不死ではない』。のに、自身の肉を食べた相手に対しては、『不老不死という副次効果』を授ける——いったい、ここにはなんの意味があるのか。種族にとって、その事実がなんらかの利益をもたらすのでなければ話にならない」

「べべんべんべん」

皆崎《みなさき》は語る。その前で、ユミは三味線《しゃみせん》を弾くまねをした。さらに、口で音を添える。

人魚を食べた家族は、まず理解する。どうやら、ユミのたてる音に特に意味はない。

問題は『魍魎《もうりょう》探偵』がなにを語っているかだ。

「また、『不老不死になった人間が、最後にはどうなるのか』を見届けたものは誰もいない。洞窟に入った尼さんはいましたがね。アレも、最後の姿は誰も知らない」

「べんべべん」

「つまり、ですよ。ここからは、あるひとつの結論が導かれる。『人魚とは食べられるため、進化をとげた生き物である』。そして、生物の最たる目的は増殖です。果実が美味《おい》しくなったのはなぜか。花が蜜をたくわえるのはなぜか。人魚も同じだ。『喰《く》われることによって、人魚は増える』んですよ」

「べんっ！」

いっそう強く、ユミは空の三味線を鳴らした。

ふぅっと皆崎は細く煙を吐く。そしてひと言。

「『不老不死に変わった人間は、最終的に人魚になる』。それが答えでございます」

食ったものは、やがて己も食われるものとなるのだ。

そう、皆崎は人魚という美味な肉の真実をつむいだ。

＊＊＊

賞賛は、ない。

歓声も、ない。

だが、悲鳴もなかった。動揺のうめきもあがりはしない。

家族の反応を言葉にするのならば、『あっ、そう』といったところだった。

どうやら、実感がともなっていないらしい。だが、ふたりだけは様子が違った。姉のみどりと妹の碧《みどり》。みどりは皆崎をにらみつける。瞳に涙を浮かべて、碧のほうは口を開いた。

「わかってくださるのですか？」

「碧、あなた……！」

「わかってくださっているのでしょう？」

みどりの制止を聞くことなく、碧は訴える。大きな目に、彼女はひたむきな光をたたえた。その必死な問いかけに対して、皆崎は笑ってみせた。くいっと唇の端をひきあげるやりかたは、ずいぶんと色男めいている。ぽっと、碧は頬《ほお》を紅《あか》く染めた。

一方で、ユミは不機嫌に空三味線《しゃみせん》を弾く。

「べべんっ」

「続きを語るとしましょうや。人魚を食った人間は、不老不死を経て、人魚に変わる。ならば、僕に此度《こたび》『食われそうだ』と手紙をだした人魚とは、『人魚を食った、家族の誰か』ということになりましょう。しかも、その人には『人魚に変わりつつある、自覚があった』……適応が、異様に早かったんでしょうなぁ」

「でも、どんな変化が家族にあったと言うんですの？　見てわかるとおりですわ。私たちに異常はございませんことよ」

両腕を広げて、美夜子《みやこ》夫人がつんと言う。

それに対して、皆崎《みなさき》はキセルを動かした。彼は車椅子の碧《みどり》を示す。

「飛び降りて、足を潰した人間がいらっしゃいまさあ。そこは、あきらかにおかしいでしょう。だって、あなたさんたちは不老不死。本来ならば、足は復活するはずなのですよ」

流れるような調子で、皆崎は応えた。バッと、家族全員の視線が碧に集まる。

車椅子の肘置きを、彼女は強く握りしめていた。それこそ骨が浮かぶほどに。

「人魚自体は不死性をもたないせいですな。不老不死の恩恵に授かれるのは、増える途中の個体だけ。もう変化が終わりかけていたせいで、あなたさんの足は潰れても元にはもどらなかった」

「べんべん」

「飛び降りた動機は……家族が人魚に憑《つ》かれているせいだ。『尾になりかけの足』がバレたら食われると危機感を覚えて、あなたさんはどうにかしようとした。そのため、足が復活しないことに賭けて、あるいは変化前の足が生えてこないかと狙って、飛び降りた。結果、『尾になりかけの足』は潰れてもどらなかった。これで、バレない……そのはずが……実は、もう、『早急に人魚に変わりつつある』という事実は、とある御仁にバレていた。そうなんでしょう？」

「……はい」

「このままでは遠からず、どのみち食われてしまう。あなたさんはそう確信して、僕に手紙をだしたんだ。これ以上、多くの家族にバレないよう、名前を伏せて『人魚』を騙《かた》って。そうして、僕が到着したらすべてを話し、助けを乞う予定だった……だが、できなかった」

「……はい」

キラキラと碧の目から涙がこぼれた。ポロポロと、彼女は泣きだす。

ついっと、皆崎はふたたびキセルを動かした。そうして、今度は姉のみどりを示す。

「お姉さんが……『あなたが人魚に変わりつつある』と知ってる人がですね。どこにいても、べったりと張りついてきたもんだから……ですね」

「べべんっ！」

口で、ユミは音をたてる。三味線《しゃみせん》を胸前にかかげるかのように、彼女はポーズを決めた。そのまま拍手を待つかのごとく、ユミは動きを止める。だが、うん？　と首をかしげた。

「なああ、皆崎《みなさき》のトヲルよう」

「なんだい、ユミさんや」

「それなら、姉のみどりは、『もっともっと人魚への変化が進んだら、妹の碧《みどり》を食おうとしてた』ってぇことなのかい？」

「そういうことになりますねぇ」

「妹を食うなんざ、鬼畜の所業じゃねぇか！　いったいぜんたいどういうことだよ！」

見えない尾をたてて、ユミは跳びあがった。

彼女の視線の先で、みどりは恥じらう様子もなく嗤《わら》った。にぃっと双子の姉は唇を歪《ゆが》める。その全身からは処女特有の残酷さと美しさが放たれていた。可憐《かれん》に、彼女はささやく。

「だって、人魚のお肉は本当に美味《おい》しかったのですもの」

軽やかに、みどりは歩きだした。

そっと、彼女は碧の肩に手を置く。びくっと、碧は身を震わせた。そのやわらかな頬《ほお》を、みどりはべろりと舐《な》めた。べったりと妹にヨダレ跡をつけて、彼女は語る。

「アレがもう一度味わえるっていうなら、妹だろうと食べちゃいますね」

＊＊＊

「えっ、碧が人魚になりかけている、と？」

口を開いたのは姉妹以外の誰であったか。

そこに哀れみのひびきはなかった。進行度が異なるだけで、自分たちもやがては同じになる。だというのに同情もふくまれてはいない。それどころか、家族は目をギラつかせた。

「つまり」

「つまり」

「つまり」

あの肉が、もう一度食える？

食欲に、どろりと溶けた声は、誰のものか。もはや、判断する意味はない。

どろどろどろり。煮つめられた飴《あめ》に似た熱と粘着性をもって声はひびいた。

「この舌で、私の恋をふたたび味わえるとは」

「不死性がさらに高まったりはしないかしら」

「アア、限界の限界の限界を超えた快楽を！」

「あなたの味方は、家族にはいないのよ、碧《みどり》」

　だから、私たちの糧におなりなさいな。

　ねっとりと、みどりがささやく。皆崎《みなさき》の長話の間に、旦那氏の手足は生えてきていた。四組の腕が、ゆらゆらと碧に迫る。

　ガッシャンと音をたてて、彼女は車椅子のうえから落ちた。必死に這《は》い進んで、碧は大階段の前までくる。床の上から、彼女はそこへ座る皆崎へとうったえた。

「助けてくださいまし、『魍魎探偵《もうりりよう》』様。風の噂《うわさ》で、あなたのことを聞きましたの。妖怪と人の間の揉《も》めごとを解決してくださる御方《おかた》だと。だから、あなたに手紙をだしたのです」

「そうですな、ただ、ひとつ、あなたさんに言うべきことがありまして」

「なんでしょう？」

「あなたさんは『食われそう』ですが、まだ『人魚』ではない」

「ええっ!? もしや、だからお助けいただけないとでも!?」

「まさか。ただ、此度《こたび》の『騙《かた》り』を並べているだけでして」

　ガチリ、皆崎はキセルを食《は》む。

ひと吸い、ひと吹き、ひと言。

「邸内での、今宵《こよい》の『騙り』はふたつ」

「べべんべん」

「『喰《く》らわれるもの』のついた嘘《うそ》と、『喰らいたいもの』のついた嘘」

「べべんべんべん」

すっと皆崎は手を前にだした。くるりと彼はキセルを回す。それはすうっとなめらかに、あるべきカタチに戻るように溶けた。歪《ゆが》み、曲がり、キセルは奇妙な銀色の時計へ変わる。

低い声で、皆崎は語った。

「人と妖怪の揉めるとき、そこには『騙り』がある。さて、此度の『騙り』はいかほどか」

歌うような声にあわせて、ふわりと黒いネジが現れた。それはガチャンと時計の背中の穴へとハマる。カクンッ、カクンッと二回、ネジは回された。そのまま時計は宙に浮かぶ。

くいっと、皆崎は口の端をあげた。

「二分。なれば」

「おうともさ！」

皆崎の求めに、ユミは応じた。彼女は胸を張る。

皆々様がた、ご笑覧あれ、とユミは床を蹴った。

ひとつ回ると、狐耳《きつね》が生える。ふたつ回ると、黄金色のふさふさ尻尾が生える。彼女は人間ではない。化け狐《ぎつね》だったのだ。みっつ回れば、その姿は細く美しい刀に変わった。

それは、皆崎《みなさき》の手に落ちる。瞬間、彼の姿も変わった。髪が銀色になり、肩へと落ちる。目は蕩《とろ》けるような蜜色と化した。くたびれたスーツも、本来の姿に戻るかのように形を変えていく。黒の着物になぜか女ものの紅《あか》い打掛を羽織り、皆崎は銀の刃《やいば》をかまえた。

『魍魎《もうりょう》探偵』は宣言する。

「これより、今宵《こよい》は『語り』の時間で」

＊＊＊

「語ってひとつ。むやみに妖怪を食ってはならぬ」

ふわりとひと薙《な》ぎ。彼は一輝《かずき》を切る。血はでなかった。

だが、きぃっと白目を剥《む》いて、彼は倒れる。踊るように、皆崎は動く。

「語ってふたつ。むやみに人を殺してはならぬ」

さくりとひと切り。彼は美夜子《みやこ》夫人を薙ぐ。やはり、肌には傷もつかない。

それでもばったり、彼女は倒れた。舞うように、皆崎は動く。

「語ってみっつ。むやみに悦楽にきょうじてはならぬ」

かきんとひと太刀。彼は旦那氏を断つ。怪我《けが》などない。

しかし、きりきりと駒のごとく回って、彼は倒れた。拍子を踏むように、皆崎《みなさき》は動く。

「語って最後」

その視線の先には、みどりがいる。一連の狂騒を前にしても、彼女は未《いま》だに笑っている。

おだやかとすらいえるほほ笑みは、草原に立つ乙女のごとく。のんびりとみどりは言う。

「ああ、残念」

「妹を、姉は食ってはならぬ」

「本当に、食べたかったのに」

皆崎が迫る。みどりは逃げない。ただただ、可憐《かれん》に立ち続ける。

あるいはそれが、妹すら喰《く》らうと決めたものの矜持《きょうじ》だったのか。

その細い首を、皆崎はするりっと裂いた。

糸が切れたかのようにみどりは倒れ伏す。

誰も、彼も——欲に憑《つ》かれた面々は、全員が刀に切られて終わった。

それはユミだけが知っている事実だ。

本来、皆崎とは『皆裂き』と書く。

「これにて、今宵《こよい》の語りは仕舞《しまい》」

スッと、彼はまっすぐに刀を下ろす。

瞬間、場に変化が生じた。すべての『騙《かた》り』を切ったあとに、ふぅわりと回る影がある。集めた『騙り』の力たちが、すうっと、皆崎の中へと吸いこまれていった。彼の目は一瞬血よりも紅《あか》く、鮮烈に光った。だが、すぐに蜜を固めたかのような鈍い色にもどる。だが、よくよく見れば『騙り』を吸収する前よりもその目にはわずかばかり紅が滲《にじ》んでいた。

こうして『騙り』を集め続ければ、やがては血色に染まるものと思われる。

けれども、今はどうでもよいことだ。

カチッと、銀の時計が動く。

ちょうど、二分が経過した。

どろんっと、ユミと皆崎《みなさき》の姿は元に戻る。

ユミは歌う。

「べべん、べべんべんべん」

お後がよろしいようで。

＊＊＊

此度《こたび》の『騙《かた》り』は人魚にまつわるもの。

皆崎が切ったのは、それへの執着だった。

これで、碧《みどり》がすぐに食われることはなくなったといえよう。だが、人の妖怪に対する欲望はいつ新しい火がつくのか、知れたものではなかった。なにせ、人魚の肉は美味であり、食欲とは人の本能に基づくものなのだ。

そのため、彼の勧めに従って、碧は家をでた。

『魍魎《もうりょう》探偵』の力をもってしても、人間の体の人魚への変化、侵食はおさえられない。食った事実は消せないのだから。

だから、彼はある妖怪専門の医者を碧に紹介した。その施術を受け、彼女は海にいる。

「なにからなにまで、お世話になりました」

じっと、碧は皆崎を見つめる。新しくつけた魚の尾で、彼女は波を叩《たた》いた。朱色の鱗《うろこ》は美しい。もう変化が止まらない以上、碧は人魚として生きていく道を選んだのだ。

山高帽を、皆崎は少し持ちあげた。心底残念そうに、彼は謝る。

「あなたさんを人にもどしてあげられなくて、申しわけないのです」

「いいのです。私も人魚を喰《く》いましたもの。それならば、これが当然の罰なのです。いつか漁師に釣られたとしても……ええ、運命だと思うばかりで、けっして怨《うら》みはしませんわ」

パシャン、パシャンと、彼女は音をたてる。だが、そこで碧は顔を陰らせた。

パシャンと物憂げに波を弾《はじ》いて、彼女はささやく。

「私の家族も……いつかは人魚になるのでしょうか？」

「ええ。そうです。しかし、それはもっとずうっと、ずうっと先の話でしょう。不老不死にも飽いたころです。あなたさんが心配する必要はなにもありませんで」

「……そうですね。ねぇ、『魍魎探偵』様」

「なんでしょう?」

「あなたは化け狐《ぎつね》……妖怪をおそばに連れていらっしゃる。よろしければ、私のことも」

艶《つや》をこめた目で、碧《みどり》はささやく。彼女は人生をかけた告白を落とそうとした。

その唇を、皆崎《みなさき》は指で塞いだ。必死で確かな熱のこもった言葉を奪って、彼はささやく。

「さようなら、あなたさん」

そこで、碧はハッと息を呑《の》んだ。

今まで、誰ひとりとして、彼は人魚を食った家族の名を呼んではいない。

ユミというひびきだけを、彼は親しげに舌へと乗せていた。その事実に気がつき、碧はひどく傷ついた顔をした。そしてバシャンと皆崎に水をかけ、海へと潜った。

あたりには、波ばかりが残る。

『海にいるのは、あれは人魚ではないのです』と、言うように。

＊＊＊

「あーあ、いいのかよぉ、皆崎のトヲルよぉ。ありゃ、なかなかの美人だったじゃねぇか。あっさり袖にしちまいやがって。コンチクショウ、もったいねぇなぁ」

「いいんですよ。僕はユミさんで手いっぱいなんだから」

応えながら、皆崎は山高帽をかたむけた。端に溜《た》まっていた海水が、たーっと落ちる。見えない尾を、ユミはぶぅんと振った。ぴくぴくと、彼女は鼻を動かす。

「ん、ん？　どういう意味だ？　喧嘩《けんか》売ってんのか？　それとも褒めてんのか？」

「どっちでもありゃあしませんよ。ただ、事実を言ってるだけです……僕には人としての心はがっつり欠けてんで。誰かを大切にするのなんざ、ユミさんだけでいっぱいいっぱい」

そう、皆崎は首を横に振った。山高帽をかぶり直して、彼はユミへとたずねる。

「それより、ユミさんはいいんですか？　昔は九本あった尾を、悪さがすぎて、常世の裁定者たる僕に切られたってのに。怨《うら》みはないんです？」

そう、皆崎はこの世にあふれでた妖怪の訴えもあって、常世から遣わされたもの。世にもまれなる裁定者だ。彼は『騙《かた》り』を測って、その罪の重さのぶんだけ力を振るう。

遠い昔、尾を切られて以降、ユミはその手伝いをしていた。

ケッと言って、彼女は鼻の下をこする。

「だってよぉ、かわいい俺様がいねぇと、皆崎のトヲルはまるでダメなトーヘンボクじゃねぇか。古い付きあいだし、おまえがあんまりダメダメだからよぉ。俺様ってば、うっかり情が湧いちまったのさ！」

「まあ、ユミさんがいっしょにいてくれて、にぎやかしてくれないと、こんな旅、やってられないですけどね」

くすりと、皆崎《みなさき》は笑う。それは本心だ。ユミが手を叩《たた》き、空三味線《しゃみせん》を弾き、刀に変わる。

そうして、はじめて皆崎の旅は成立していた。そうでなければ、無味乾燥でしかたがない。

それにユミと手を繋《つな》ぎ、歩くことは重要だ。そう、皆崎は考えていた。


そこには、彼にとって大切な意味がある。


目を閉じて、皆崎は一時なにかに思いを馳《は》せた。だが、ユミはそれに気がつかない。

褒められたと、彼女は見えない尾をぶるんと振った。嬉《うれ》しそうに、ユミは胸を張る。

「だろぉ。おまえは、俺様がいなきゃダメダメだもんな！　自覚があるのはけっこうなこってぃ！　これからも、優しい俺様はおまえのことを手伝ってやるぜぇ！　感謝しろい！」

「はいはい、わかりましたよ。感謝しましょうともさ。ユミさんがいないと僕はまるでダメ。まちがいないでしょうよ。でも、僕がこうして働いているのも、ある意味ユミさんのせいもあるというか……なんというか……」

「ああん、俺様のせいにすんのかよ！　ケッケケッ、確かに、俺様の血を浴びたせいで、おまえは完全に人間じゃなくなっちまったさ！　だからって、そんなこと知るもんかい！」

「『騙《かた》りを暴いて、徳を積め。さすれば人間に戻って、おまえはようやく眠ることができる』とは……やれやれ、常世の神様も適当を言いなさるもんだ」

　ふうっと、皆崎はため息を吐《つ》いた。軽く、彼は肩をすくめる。

　ケッケッと、ユミは悪い顔で笑った。

「いいじゃねぇかよ、俺様とずーっといっしょに旅をしようぜぇ、皆崎のトヲルよぅ！」

「ユミさんねえ、僕はもう少々疲れてるんですよ……って、言ってもしかたがない、か」

くるり。皆崎は手を回す。骨ばった指の間に、キセルが現れた。頭から海水をかぶったというのに、やはり火は絶えていない。それを、彼がはくりと食《は》もうとした。そのときだ。

「……うん？」

　闇夜から、紙が一枚飛んできた。それを、皆崎は片手で受けとめる。

　書かれた文字と住所を、彼は読んだ。跳びあがってユミはたずねる。

「なんでぇ。次の依頼かい？」

「ああ、そうさ。やれやれだ」

　ガチリ、皆崎はキセルを食む。

ひと吸い、ひと吹き、ひと言。

「今宵《こよい》も騙《かた》るねぇ、人間は」

そして、彼らは並んで歩きだす。
今宵も、『魍魎《もうりよう》探偵』は騙らない。

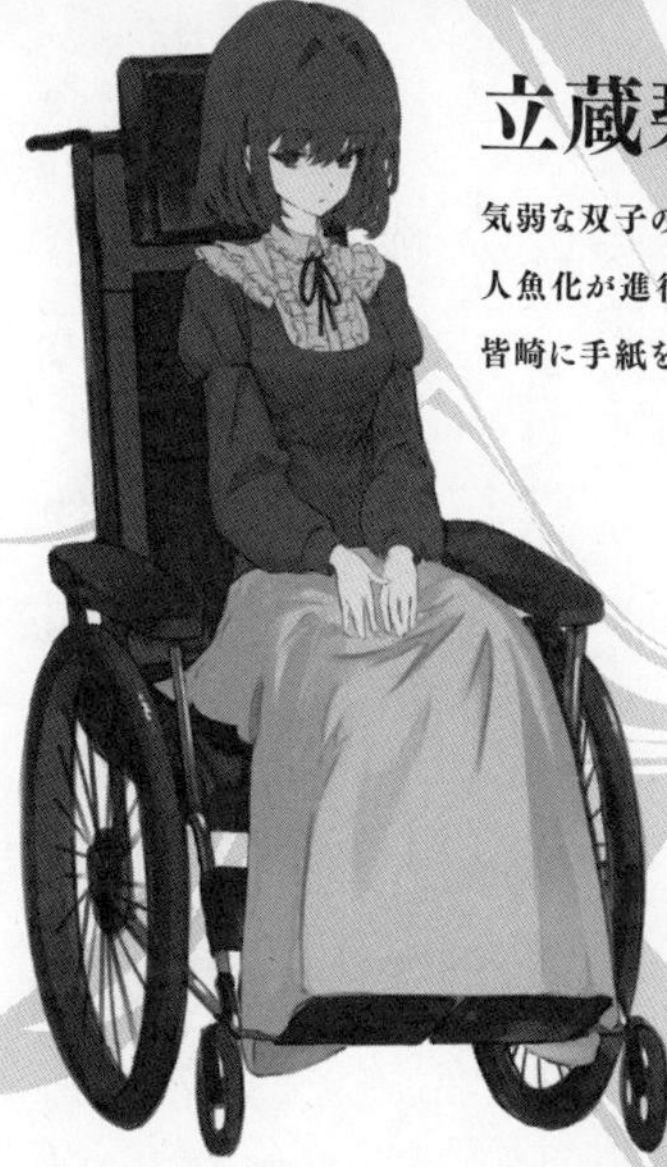

立蔵碧《たちくら・みどり》

気弱な双子の妹。
人魚化が進行し、姉から逃げるために
皆崎に手紙を送った。

立蔵みどり《たちくら・みどり》

したたかな双子の姉。
妹の秘密に気づき、
独り占めするために手厚く介護していた。

第二の噺《はなし》／件《くだん》の騙《かた》り

かっ……たたたぁっん。とっ……たたたぁっん。
かっ……たたたぁっん。とっ……たたたぁっん。

独特の心地いい音をおともに、民営の電車は走る。ここらの運行は、確か、百鬼夜行商事が担っていたはずだ。だが、乗客にとっては、誰が動かしているのかなどどうでもいい。ただ、便利に、時間通りに、走ってくれさえすれば、それでかまいやしなかった。

定期的な振動にいい子いい子とあやされて、ユミはすっかり寝入ってしまっている。狭い座席のうえで、彼女は器用に丸くなっていた。だが、ときおり、わたわたとバランスを崩す。のぺっと落下しては、ユミは座席へと自力で這《は》いのぼった。

向かいの席では、皆崎《みなさき》が頬杖《ほおづえ》をついている。彼は揺れ動く、窓の外を眺めていた。

分厚くも、傷だらけの窓ガラスに映る光景は、水槽の中のごとく濁っていた。流れる景色は夢のよう。どこか遠く、ぼうっと淡く霞《かす》んでもいる。やがて、そこに色とりどりの国旗が翻った。青い空、白い雲を背景に、今や意味のなくなった他国の印が、長いロープに結ばれてはためいている。その先は、紅白で彩られた、まぁるいテントへと繋《つな》がっていた。

皆崎はつぶやく。

「あそこですね」

視界にチラシが舞う。誰かの手放したものらしい。表面には仰々しい文字が謳《うた》っている。世にも奇怪華麗、摩訶不思議《まかふしぎ》な技の数々をご覧あれ……空中ブランコ……ナイフ投げの達人……骨なしの少女。サァカスサァカス。天下逸品の大サァカスだぁ……なにせ此処《ここ》は、

「『死なない件』のいるサァカスだ」

天晴《あっぱ》れ！　とユミが寝言で叫んだ。そのまま、彼女はころりと落ちる。

ぺとっと、ユミは床に潰れた。そのお腹《なか》を、皆崎は片手で抱えあげる。

荷物もなく、ふらりと、彼は電車の出口へ向かった。

かっ……たたたぁっん。とっ……たたたぁっん。

かっ……たたたぁっん。とっ……たたたぁっん。

かっ……たたたぁっん。とっ……おおおん。きしきし、ぎしぎし。

電車は止まる。旧《ふる》い車体は重く軋《きし》む。

そして、皆崎《みなさき》たちは目的地に着いた。

＊＊＊

「運賃の調達には難儀しましたが、珍しく電車が通じているところで、よござんしたね」

「てやんでぃ、バーロー、ちきしょうめぃ！　体がすげぇイテェぜ！」

「そりゃあね、ユミさん。あんな寝方をしたら、痛めないほうがおかしいですって」

「なら、先に言えってんだい！」

「言いましたよ、五回ほど」

「なんだとぉ。俺様の返事はあったかい？」

「きっちり、五回、寝息が返りましたねぇ」

「この、トーヘンボク！」

ぺしんっとユミは皆崎を蹴った。結果、己のつま先のほうを痛めたらしい。ひゃいっ！と彼女は跳びあがった。その頭を撫《な》でてやりながら、皆崎は目の前のサァカスを見あげる。

「これはまた見事なもんで」

駅前まで、紅白のテントは張りだしていた。そのさまはでっぷりと脂ののった腹を突きだした、異形のごとしだ。今や観客も少ない、一般のサァカスのテントとは大きく異なる。

ここが、これだけ立派なのにはワケがあった。

以前、こちらは押しも押されぬ大盛況で、駅周辺にまで、わんさと人が溢《あふ》れていたのだ。まるで角砂糖に蟻《あり》の集まるがごとしだったらしい。それをいち早く迎え入れるべく、また、すべての客を収容しようとテントは拡張に拡張を重ねた。だが、膨張とは破裂で終わるもの。ここでも限界を超えたことによる悲劇が起きた。人々が集いに集い、群れに群れての転倒と将棋倒しの事故が重なり、サァカスは高額予約制へ颯爽《さっそう》と切り替えられたのだ。そうして、今ではひっそりと、しかし、がっぽりと営業をしているらしい。

その唯一の目玉にして、稼ぎ頭は。

「『死なない件《くだん》』の予言……か」

「でもさぁ、今度はその件から手紙がきたんだろう？」

高い声で、ユミが問う。

それに、皆崎は深くうなずいた。山高帽を押さえて、彼はささやく。

「ええ、あなたさんの言うとおり。件からの手紙をもらいましたよ」

くるり、彼は手を回す。骨ばった指の間にキセルが出現した。

ソレを、皆崎はガチリと噛《か》む。ひと吸い、ひと吹き、ひと言。

「死ぬことができない……とのことでして」

件《くだん》から、救いを求める手紙が送られる。

『魍魎探偵《もうりょうたんてい》』である皆崎《みなさき》トヲルにとって、これすなわち、なんらおかしなことではない。

奇妙奇天烈《きてれつ》、摩訶不思議《まかふしぎ》にさえふくまれない。だが、同時に手紙の内容は……いや、それ以前に、サァカスにいるという存在が、ナニヤラおかしく、怪しくはあった。

いやはや、果たして。

「死ない件は件かな？」

＊＊＊

件とは人と牛が一体化した妖怪だ。

簡潔に言うなれば、人面牛である。

彼らは牝牛《めうし》の胎《はら》から生まれ、すぐに予言を行い、数日のうちに死ぬ。

希少な妖怪であり、今の、常世と混ざった国内でも多数が観測されたという報告はいっさい聞かない。その予言の内容は、稲作の豊凶や疫病の流行についてだ。つまり、件の存在は国の命運すらも左右しかねないといえる。だからこそ、件は世界の混ざる前から伝承に語られ、畏れられ、存在と死亡を記録されてきた。予言をしたあとに生き残った件は今まで一体たりともいない。だが、此度《こたび》の『死なない件』は予言の後も死ぬことなく、対個人の未来予知を行っているという。

確かに、今はいつ、どんな災厄が降りかかるかわからず、明日には死が待つご時世だ。運が悪けりゃ、夜市の鍋の中でグツグツと煮こまれる末路すらありうる。そんなこんなで、『死なない件』には、予言を頼みたい人が続出した。

だが、すぐに死なない段階で、それが件か否《いな》かはなんとも言えない。

『死なない件』にまつわる手紙。

そこに人の『騙《かた》り』はあるか。

それを確かめるためにも皆崎たちはサァカスを訪れた、の、だが。

すったか、ぼっこのぼっこぼこの、ぼっこべっこの、ずったぼろ！

「あー、あー、こりゃ、ひどいや」

「スッゲェ、流血沙汰じゃねぇか」

皆崎《みなさき》が嘆き、ユミは目を丸くする。

ふたりの前では——いかにも団長という——蝶《ちょう》ネクタイに金糸で縁どられた赤い上着とシルクハットを合わせた男性が、これでもかとすたぼこのズタボロにされていた。黒いスーツ姿の男たちが、こちらも——見るからに富豪といった——老人の命令で、団長を蹴ったり殴ったりしている。ヒューヒューと、団長は荒い息を吐いた。

彼に向けて、金の着物姿の老人は己の顎髭《あごひげ》を撫《な》でて言う。

「ちったあ懲《こ》りたかな？　あの件《くだん》の予言は、大ハズレ。真っ赤な嘘《うそ》だったよ。ほれ、予約のときに渡した、高い金を返してもらおうか？」

「ぺっ、ぺっ！　うちの件はですね。元々、予言の的中率は三分の一だと言ってあったはずです。三回に一回は必ず当たる！　それが、うちの『死なない件』でさ！　あだーっ！」

「三回に一回は、『必ず』とは言わんのだよ」

老人の命令でスーツ姿の男たちは団長にさらなる暴行を加えた。すったか、ぽっこのぽっこぽこの、ぽっこべっこの、ずったぼろだ。地面に血が飛び散り、骨がミシミシと鳴る。

だが、耐えがたいだろう痛みの中にあっても、団長は堂々と叫んだ。

「くっそう、私は屈しないぞ！　金とは人の命よりも重いのだ！　地球よりも重いのだ！　つまり、私の命よりも金のほうが大切なのだ！　あだーっ！」

ボコォッと、その腹が蹴られる。

面白いほどきれいに、団長は胃液を噴いた。キラキラと濁った黄色が陽《ひ》の光に輝く。

やれやれと、皆崎は首を横に振った。

「守銭奴《しゅせんど》もあそこまでいけば、立派なもんかもしれませんねぇ」

「いや、ねぇよ」

「そこのアンタたち！」

ブンブンと、ユミが首を左右に振ったときだ。ふたりに、声がかけられた。どこの誰かと、皆崎とユミは視線をさまよわせる。そうして、テントの陰に隠れる存在に気がついた。声の主は奇妙な娘だった。派手な美貌を必要以上の化粧で飾りつけ、ピンクのスパンコール貼りのタイツで全身を覆っている。震えながらも、彼女は団長の騒ぎをうかがっていたようだ。そのコッテリと盛られた顔を確認して、皆崎はああとうなずいた。

「もしや、サァカスの演者さんで？」

「そうよ！　骨なし軟体の蛇少女！　アジアの奇跡！　佐々木愛子《ささきあいこ》とはアタシのことよ！」

「ご大層な売り文句のワリに、名前は普通じゃねぇかよ」

「ギャップを狙ってんのよ！　悪いかしら？」

「悪いってこたぁねぇけどさ」

「それよりもさ。いったいナニをヤッテンノヨ！　アンタたち、ボウッッとしてないで、早く団長を助けておあげなさいよ！　かわいそうじゃない！」

ツンッと天を仰いで、愛子《あいこ》は高慢に告げた。その鼻は山のように高く、雪のように白粉《おしろい》まみれにされている。ユミと皆崎《みなさき》は顔を見あわせた。うんとうなずき、ふたりは口を開く。

「あなたさんは？」

「テメェはなにもしねぇのかよ！」

「まあ！　このやわらかくて儚《はかな》くて、ふにゃんふにゃんになる以外は、なんにもできない、稀《まれ》なる肉体の柔軟性と骨のしなやかさをあわせもつだけのアタシに、よくもそんな野蛮なコトが言えるわね！」

「自己評価が高いんだか、低いんだか、これはわかりませんや」

「団長ーっ！　団長ーっ！」

「あっ、テメ」

ユミは愛子を止めようとする。だが、サイレンのごとく、愛子はカン高い声を張りあげ続けた。団長ーっ！　だんちょぉーっ！　だぁあああんあああちょおおおおおっ！

やがて、老人のほうが何事かと首をかしげた。どうやら、やや耳が遠いらしい。

「むむ、なんだ？」

「団長ー！　助けよ！　助けがきてくれましたよー！」

「おのれ、この嘘《うそ》つきに力を貸すとは、何奴《なにやつ》か！　モノども、かかれぇ！　かかれぇ！」

杖《つえ》を振り回して、老人は叫んだ。号令の下、パリッとした黒スーツ姿の男たちが走り寄ってくる。その体型は、どいつもこいつもひき締まっていて、ひどく手ごわそうに見えた。

だが、慌てることなく、皆崎はキセルを食《は》んだ。

ひと吸い、ひと吹き、ひと言。

「やれやれだ」

そうして、彼は――――。

振るわれた拳をてのひらでいなし、キセルでひとりの突きを払って、回転蹴りで全員を転ばせ――そのまま、するりと猫のごとくすり抜けて、ドサドサと敵の群勢を地に倒した。

どう転んだものか、面々はあっけなく気絶する。

情けなく積みあがったものたちに、皆崎は悠々と告げた。

「『魍魎《もうりょう》探偵』この程度は余裕で」

「べべん、べべん、べんべんっ！」

「ひいいいいいいいいいいっ！」

泣き叫びながら、老人は逃げだした。

皆崎は後を追いはしなかった。ちらりと、彼は埃《ほこり》まみれで土まみれの団長に目を向ける。

そしてキセルをくるりと回し、ユミにささやいた。

「見てください、ユミさん。ちょうどいいや。催眠にも荒事にも、頼る必要はなさそうですよ。これこそ、人助けの醍醐味《だいごみ》。情けは人のためならずってやつです」

「ケッ、そうかよ」

その間にも、団長はくるりと四《よ》つん這《ば》いになった。さらに、カサカサと這い寄ってくる。ひしっと、彼は皆崎《みなさき》の手を握った。次いで上下に振りまくると、泣きながら声を弾ませた。

「ああ、親切なお方！　ありがとうございます。ありがとうございます。あなた様は命の恩人だ！　どうお礼をもうしあげればいいものか！」

「礼はけっこう。しかし、コイツはちょうどいいや」

「はい、ナニガでしょう？」

はてなと、団長は首を横にかしげる。

キリッと、皆崎は意味なく顔を整えた。そして団長に頼みを告げる。

「よければ、あなたさんの『死なない件《くだん》』を僕らに見せてくださいな」

「えっ、嫌です」

キッパリと、団長は答えた。皆崎は頭上にでっかいハテナマークを浮かべる。ハアッ？と、ユミはすっとんきょうな声をあげた。その反応にもめげることなく、団長は続ける。

「金は人の命よりも重いんです！」

『死なない件』は、高額予約制！

なるほどと、皆崎は思った。

守銭奴《しゅせんど》も、ここまでくればハタ迷惑だ。

「『魍魎《もうりょう》探偵、通すがよかろう』！」

「結局こうなるんじゃねぇかよぉ！」

呆《あき》れたように、ユミは頭の後ろで手を組む。

かくして、皆崎たちはサァカスへと侵入を果たした。

＊＊＊

「これが、うちの『死なない件』です……アレ、なんで私はお金をいただいてないんだ？」

「『魍魎探偵、通すがよかろう』！」

「えっ、エエ、そうです。存分にご覧あ、れ……あれれ？　お金」

「『魍魎《もうりょう》探偵、通すがよかろう』！」

「金」

「『魍魎』！」

「…………すげえな、このオッサン」

　やや苦労をしながらも、皆崎《みなさき》とユミは『死なない件《くだん》』と会った。

　サーカスの中心、円形の舞台。そこに金の檻《おり》が置かれている。

　中では、人面牛がのんびりと草を反芻《はんすう》していた。

　間近で眺めて、ユミはわーっと声をあげる。本当に、牛の体にのっぺりとした――不気味だが、特徴はないといえばない――人間の顔がついていた。ずいぶんと長く、牛は沈黙を続けた。だが、皆崎とユミを見上げると、ゆっくりと口を開いた。

「『おまえたちは末永く、いっしょに旅をする』」

「聞いたかい、皆崎のトヲルよぉ？　コイツ、いいこと言うじゃねぇか！」

「うーん、それだと僕は困るんですがねぇ。あなたさん、もしや適当を言ってませんか？」

　しんっと、沈黙が落ちた。

　人面牛は返事をしない。ソレはまた、興味なさそうに草を食《は》みだした。たずねられたことを考えている様子すらない。自分がナニを口にしたのかをも、わかってはいなさそうだ。

　ふむと、皆崎はキセルを噛《か》んだ。アララと、ユミは首をかしげる。

不思議そうに、彼女は言った。

「アレ？　コイツ、人語を使えるけど、もしかして理解してるワケじゃないのか？」

「それに『死なない件』の体は牛だ。蹄《ひづめ》ではペンも鉛筆も持てない……しかも、金の檻に入れられている」

ぐるうりと、皆崎はあたりを今一度確認した。

檻の格子は太く頑丈だ。過去に破られた形跡はない。加えて檻からサァカスの入り口までは距離があった。金の亡者な団長が行って戻ってくることを許すとはとうてい思えない。

つまり、ポストにはたどり着けず。

手紙など書いてだせるはずもなく。

皆崎は煙を吸いこんだ。ふぅっと白蛇がごとく、細く吐いてささやく。

「ならば、誰が件を騙《かた》ったのやら」

＊＊＊

サァカスには、他にも人員がいるはずだ。

たとえば、チラシにはこう書かれていた。

空中ブランコ。ナイフ投げの達人。骨なしの少女。

だが、これほどまでに大規模なサァカスに、これっぽっちしか人員がいないのは異常事態である。『船頭多くして船山に登る』ともいうが、三人の船員で軍艦の運航はできない。まあ裏方はいるだろう。……と皆崎《みなさき》たちは考えたのだが、なんと団長を除く面々は――後から入ったという飯炊きの女性と、大道具係の男をくわえても――総数五人だけであった。あきれた話である。しかし――、

「これでも多いほうですよ！」

そう、ナイフ投げの達人は言った。
なぜ、彼が達人とわかったのかというと、溢《あふ》れでるオーラのせい、などではない。常にナイフを操っているせいだった。彼はナイフを投げては受けとることをくりかえしている。ナイフ・ジャグリングだ。ときたま刃が指をかすめているが、ご愛嬌《あいきよう》というものだろう。スタタタタタタッとジャグリングを続けながら、達人こと――草張羽金《くさばりはがね》青年は語った。
「いえ、昔はもっといたのですがね？　それこそ客とサァカス団員のどっちが多いのかわ

からないくらいでしたよハッハッハッ！　でも、あれよあれよという間に『死なない件《くだん》』を目当てに客が集まるようになりまして。演目をどれだけ減らそうが気にもされないもんですからドンドン、クビにしたんです。僕らが残されていることのほうが奇跡ですよ！」

「あなたさんたちが、貴重な団員として選ばれた理由はあるんで？」

「ありますとも！　まず、僕は団長の甥《おい》っ子で、生まれながらにナイフを触っていないと落ち着かない性質《たち》なので再就職先がないからです！」

「どういう性質だよ」

「お医者様の話では『先天性ナイフ欠乏症』だとか」

ユミの言葉に、羽金青年はさらっと本当か嘘《うそ》かわからないことを告げた。そのさわやかな顔には、嘘を言っている様子はない。ううんと、皆崎はうなった。世の中の律は常世と混ざって乱れている。確かにおかしな病気は増えた。そしてヤブ医者の数もそれより多い。

さらにナイフの動きを加速させながら、羽金青年は続けた。

「あとはですね……軟体の愛《あい》ちゃんは団長の恋人だし、空中ブランコの矢嶋《やじま》さんもまた、地面に降りると死んじゃうし」

「果たして、経営難とは別の意味で大丈夫なんですか？　このサァカス？」

「俺様も、ちょっとばかしヤベェんじゃないかと思うぜぇ」

「あと、飯炊きと大道具の久世《くぜ》さん夫婦は、なくてはならない人らなんですよ。いやね、演者を一斉にクビにしたら、その恋人だとか家族だとか友人だとかで、裏方もみぃんな消えちまいまして……困ってたときに、久世《くぜ》さん夫婦がタダでもいいから置いてくれってやってきてくれましてね」

渡りに船でしたと、羽金《はがね》青年は声を弾ませる。

ほぉっと、皆崎《みなさき》はキセルを振った。

「そりゃ、気前のいい話だ」

「でしょ？　タダより高いモンはないって言うけど、奥さんの飯は美味《うま》いし、旦那さんは怪力だしで、あれ以上のふたりはいやしませんぜ。よく働いてくれるから、おかげさまで、僕らも毎日にっこにこです」

ナイフの回転は、もはや見えないほどに速くなっている。銀色の残像が、きれいに円を描いた。そのさまは、回遊魚が死にものぐるいで泳いでいるかのようだ。

まあ、空中を舞う魚がいるのかという話だが。

高速でナイフをさばき続けている羽金青年に、皆崎はたずねる。

「それで、あの『死なない件《くだん》』はもとはどこから？」

「確か、サァカスに金がないときです。借金で主《あるじ》が逃げた牧場に、団長がこっそり牛乳をもらいに行ったら、ちょうど牝牛《めうし》が生んだんだ。あっ、件だ。もって帰ってひと儲《もう》け……と思ったら、最初の予言のあとも死ななくて、ふた儲けもさん儲けもできたんですよねぇ」

「盗みじゃねぇかよ」

冷静に、ユミがツッコむ。ハッハッハッと、羽金青年は笑って誤魔化《ごまか》した。

ふむと、皆崎は山高帽を押さえる。考えながら、彼はつぶやいた。

「……確かに、牝牛の胎《はら》から生まれているわけ、か。ありがとうさんです。それじゃ」

「はいはい、どーも。サァカスが高級予約制になって以来、『死なない件』の客ばっかりで僕らはとっても暇なのでゆっくりしていってくださいな」

そこで、彼のナイフ捌《さば》きは限界を迎えた。

あまりの速さに両手が追いつかず、指がつるりと滑る。トストストストスッと、ナイフが縦に並びながら落ちた。足の甲をきれいに貫かれて、羽金青年は甲高い悲鳴をあげる。

「イッタアアアアアアアアアアアアアイ！」

間抜けな声は聞き流し、皆崎とユミは歩いた。

そうして、巨大なテント裏——併設された、小テントへとたどり着いた。ふたりは直につながった入り口をくぐる。中へと、足を踏みいれた。あたりは灯《あか》りを消されているのか、まっくら闇だ。離れないように、皆崎の手をつかみながら、ユミは訝《いぶか》しげな声をあげた。

「なんのために、テントがふたつもあるんだぁ？」

「ひとつは『死なない件《くだん》』専用で、もうひとつは……」

「それは、それはね！」

「アタシたちのため！」

低い声と、高い声が鳴りひびく。

カッと、テントに灯《あか》りがついた。

その中心で、空中ブランコが揺れた。

＊＊＊

たったたったたーらんたん！

たったたったたーらんたん、たん！

「ハッ！」

ドーム型の天井近くで、人間が回転した。

飛びこみの演技のごとくぴんっと伸ばした足を抱き、その人はくるくると回る。くるくるくるくる。だが、永遠に滞空はできない。その人は落ちた。だが、揺れて戻ってきたブランコを器用につかむ。ギシっと音の鳴ったあと、かの人はブランコのうえに立っていた。

拍手喝采！　万雷の歓声がひびく！

「ブラボーブラボー、ブラビッシモ！」

だが、実のところその音の主は軟体の少女、愛子《あいこ》ただひとりだ。とにかく、彼女は声がデカい。愛子が手から喉からだす音は小ぶりなテントの天井にぶつかり、ひびきわたった。

やがて、空中のブランコ演者は動きを止めた。するすると、銀色のブランコが地面近くまで降ろされる。その人は皆崎《みなさき》と視線をあわせながらも、ブランコに乗ったままで言った。

「うふふ、『空中依存症』なもので、浮いたまま失礼します。矢嶋《やじま》です。ハジメマシテ。降りたら死にます。うふふふふ」

「……色々と言いたいこともありますが、すべてを呑《の》みこみまして。はい、はじめまして」

「うふ」

ブランコに腰かけて、矢嶋という人物は怪しく笑う。

その頭は禿頭《とくとう》で、大きな唇は紅《あか》い。痩せた体は愛子と同様にスパンコールを貼ったタイツに覆われていた。だが、矢嶋のほうには特徴がある。または、ない。つまるところ、性別が謎に包まれているのだ。肌にぺたりと張りついた布地には、上にも下にも起伏がない。中性的であり、両性的でもあった。

あーと悩んだあと、皆崎《みなさき》は口を開いた。

「それで、『死なない件《くだん》』についてお聞きしてもよろしいか？」

「まあ、私の話が長いのを予測して、世間話を避けたのですね！　お見事、見事。でも、ダァメ。ゆっくり、じっくり、ぺったり、私とお喋《しゃべ》りしていきましょうよ」

「矢嶋《やじま》の姐《あね》さん！　ソイツらにはね、愛子《あいこ》が話があるの！　いいかしら？」

舞台端から、愛子がデカイ声を張りあげた。

あらあらうふふと、矢嶋は笑う。そのまま、糸を伝う蜘蛛《くも》のごとく、かの人はスゥッと空中に吊《つ》りあげられていった。見れば、愛子が壁から生えたレバーで高さ調整をしたのだ。矢嶋を上へと送りだし、愛子は客席に移動した。お尻を突きだして、勢いよく腰を下ろす。そして、チョイチョイと皆崎とユミを手招いた。顔を見あわせながらも、ふたりは移動する。皆崎たちが間近にくると、愛子は声を殺してささやいた。

「危なかったわね、アンタたち！　矢嶋の姐さんは話が長いから、捕まったらもう終わりよ！　人生譚《たん》から、将来の夢まで、みんな聞かされるハメになるわ！」

「そりゃ、存在自体が罠《わな》みたいなお人ですねぇ」

「踏んだら終わりって意味だと、地雷のほうが近くねぇか？」

「とにかく！　アンタたちには貸しがあるから、助けてあげたのよ！　フンッ！　普通ならこんなことしないんだからね！」

「貸し、とは」

「団長を救ってくれたでしょ！」

ツンッと鼻をうえに向けつつ、愛子は言った。ああと皆崎はうなずく。意外にも愛子は義理がたい性質らしい。照れたのか、彼女はふんっと足を組もうとした。だが、顔をひきつらせてすぐにもどす。どうしたのかと見ると、タイツ越しに分厚く包帯が巻かれていた。

「怪我《けが》を？」

「ええ、前のナイフ投げの演目のときに、ブスウッと刺さっちゃって。お医者様のところに運んでもらって緊急手術……抜くのが大変だったのよ……そんなことより、アンタたち、『死なない件』について嗅ぎ回ってるそうじゃない！　なんで、なんで？」

「……それは」

「盗みだしたいのなら、力を貸すけど」

「……はぁ？」

思わぬ申しでに、ユミは首をかしげた。その表情を見て、愛子は鼻を鳴らす。

どうやら、期待外れだと気がついたらしい。腕を組んで、彼女は続けた。

「なーんだ、サァカスの裏にまでわざわざ回るなんて、ドロボウかと思ったのに！　ここは『死なない件』のせいで、舞台を追いだされたアタシたちが、暴れに暴れて団長に作らせた、もうひとつの舞台。誰の目にも入らない場所だってのにさ！」

「そんな場所を恋人のためとはいえ作るとは……あの団長もケチなのか、そうでないのか」

「ここも、よくわかんねぇヤツらばっかりだなぁ、皆崎《みなさき》のトヲルよう」

大きく、ユミはため息を吐《つ》いた。

その前で、愛子《あいこ》はツンッと天井を向く。ふんっと、彼女は鼻の穴をふくらませた。

「なによなによ。アンタたちだって、よくわかんないじゃない！　さらに言うなら、アヤシイわ！　ヘンテコリンだわ！　いったいぜんたい何者よ！」

「僕は『魍魎探偵《もうりょう》』でして」

山高帽の端を持ちあげ、皆崎は名乗る。

ナニソレと聞かれるかと思えば違った。パチパチと、愛子はまばたきをする。

「魍魎？　それって、妖怪のことよね。その探偵？」

「そう、ですが。ナニカ？」

「アラ、それならちょうどいいわ。久世《くぜ》さんのところに案内したげる。あの人たち、アタシの悩みをよく聞いてくれるのよ！　それで、アタシのほうにはお役にたてることはないかって前にたずねてみたら、妖怪絡みの専門家を探してるって言ってたの！」

足をかばいながら立ちあがり、愛子はお尻を振りながら歩きだした。久世の夫婦は裏方のふたりだろう。だが、いったいぜんたい、なぜ、妖怪絡みの専門家を求めているのか？

皆崎とユミの覚えた疑問に、愛子は続ける。

「『死なない件《くだん》』が偽物じゃないか、疑ってるんですって！」

＊＊＊

くつくつとぐつぐつと、大根が煮えている。

大根が、煮えている。

大量の大根おでんが。

「美味《うま》いとは聞きましたが、これでは三食大根ですね」

「大根で満足してる、サァカスのやつらすっげぇなぁ」

「はて……もし、あなたたちは？」

「久世さん！　この人らは『魍魎探偵』ですって！　それじゃあ、アタシは行くわ！」

お尻をフリフリ、愛子は去って行った。

延焼を防ぐためか、外に設けられた厨房《ちゆうぼう》。そこでは竈《かまど》の火に、鍋がかけられていた。

輸入が途絶えて、天然ガスが貴重な資源となってから久しい。常世の『人の発展を好まない性質』もあり、停滞、あるいは麻痺《まひ》した技術も数多かった。結果、電力も高価となっている。行き渡っていない村や街も多い。そうして、人は昔のように火力に頼る面が大きくなった。

料理の負担も増えたといえる。

特に、妊婦ならばなおさらだ。

「赤ちゃんがいるのですか?」

「ええ、そうです」

目の前の穏やかそうな女性に、皆崎《みなさき》はたずねた。大きなお腹《なか》をさすりながら彼女はうなずく。それを聞き、ユミは瞳を輝かせた。小柄な体で、ユミはぴょんぴょんと飛び跳ねる。

「なぁなお、俺様によう、そのお腹を撫《な》でさせちゃくれねぇかい? いや、ダメならいいんだけどよ! この俺様が優しくナデナデーってしてやったら、赤子も喜ぶと思うぜぃ!」

「ユミさん、コラコラ」

「ふふっ、いいですよ。この子も嬉《うれ》しいと思います」

そう、久世《くぜ》の奥方は笑った。

わぁっと、ユミは駆け寄る。彼女がお腹を撫でる間に、皆崎は奥方の名前を訊《き》いた。

久世茉莉奈《まりな》。大きく張りだしたお腹の中にはもうずいぶん育った子供がいるという。

そこに、ユミは許可をもらって耳をつけた。くふふっと笑って、ユミは目を閉じる。

「動いている音がするぜぇ! こいつはもうすぐ生まれる子だな!」

「ええ……本当はもうじきにでてくるはずです」

「……なにか、心配でもあるんですか？」

眉根を寄せて、皆崎はたずねた。

ええ、と茉莉奈は言葉を濁す。少し考えたあと、彼女は口を開いた。

「あの……『死なない件《くだん》』は本当に件なんでしょうか？」

「なぜ、そのようなことをお聞きに？」

あくまでも穏やかに、皆崎は問い返す。茉莉奈の表情は、それだけ暗かった。

きゅっと、彼女は唇を噛《か》んだ。悩みに悩んで、茉莉奈はささやくような声で告白する。

「だって、団長がどんどんおかしくなるんですもの。金だ、金だ、『死なない件』様、って。まるで阿呆《あほう》のよう。それで人にもいっぱい憎まれ、怨《うら》まれてもいます」

「うん、わかりますとも」

「このままだと、あの人は遠からず死んでしまいますわ！」

「……まあ、そうでしょうねぇ」

皆崎は応えた。それは、件でなくとも予測できることだ。

この混沌《こんとん》とした国内で、ときの富豪や権力者を相手に、『三分の一の確率でしか当たらない予言』をするなど正気の沙汰ではない。いずれは、大ハズレをかまして殺される。それこそ、夜市の鍋の中でぐつぐつ煮こまれることとなるだろう。団長おでんの完成だ。

そこで大根だらけの鍋が泡を吹いた。炭を動かし、火を調整しながら、茉莉奈は続ける。

「それで、どうです？　あの件《くだん》はやはり偽物なのですか？」

「いえ、アレは僕の見立てじゃ本物ですね」

残念ながらと皆崎《みなさき》は告げた。カランッと茉莉奈《まりな》の手からトングが落ちた。あんぐりと彼女は大きく口を開く。がしっと茉莉奈は皆崎の肩をつかんだ。勢いにユミがひぇっと言う。唾を飛ばしながら、茉莉奈は声を荒らげた。

「でも、『死なない件』は件では！」

「いいえ、いいえ。『人面牛』で『牝牛《めうし》から生まれ』、『人の言葉で予言もする』……それなら、アレは件でしょう。特に、僕は件という存在のカンジンカナメは、『予言をする』ことにあると考えていますんで、これだけ要素を満たせていれば十分ですよ」

落ち着かせるように皆崎は語った。口惜しいというように、茉莉奈は唇を強くひき結ぶ。なぜか、その目には大粒の涙がたまった。皆崎から手を離すと、茉莉奈はうなだれる。ゆっくりと、彼女は自身の膨れた腹を撫《な》でた。どこか哀れな様子を眺め、皆崎はつけ足す。

「ただし、『件』として、アレは半端モノですが」

「私の『死なない件』のどこが半端だ！」

そのときだ。台風のごとく、嵐が突っ込んできた。

団長という、暴風の塊だ。

なぜここにと、皆崎とユミはギョッとする。見れば、団長のすぐ後ろには、ぼうっとした大柄の男性も立っていた。サァカスの総員の中で、まだ会っていない人間を考えるに『裏方の久世《くぜ》の夫婦』の『怪力の旦那のほう』だろう。彼に向けて、茉莉奈は声をあげた。

「あんた、団長を呼んできちゃったのかい？」

「帰ってみたら知らない人がいたから、お客が迷いこんだのかと思って……」

「貴様ぁあああああ！　私がうっとり『死なない件』を眺めているうちに入りこむとは！　金、金、入場料と予約飛ばし料と侵入料と慰謝料とお詫《わ》び料と謝罪料、全部払え！」

「催眠が解けている？　『魍魎《もうりょう》探偵、通すがよかろう』！」

「やれやれだぜ」

そうして団長と皆崎はどったんばったんをくりかえした。

騒ぎの間、『死なない件』を見ているものはいなかった。

それがいけなかった。

メインのテントに帰ってみれば、『死なない件』は殺されていたのだ。

背中にぶっすり、ナイフを突き刺されて。

＊＊＊

「あああああ、アアアアアアアアアアアアアアアアアアアアアアアアアアアッ！」

悲痛な声が、サァカスにひびきわたる。

叫び、怒り、嘆き、団長は大粒の涙を落とした。ぽろぽろ、ぽろぽろ、塩辛い水の塊が落ちる。さらに、団長はもう冷たくなりはじめている人面牛の亡骸《なきがら》を撫《な》でさすった。驚いたことに、その手つきの中には本物の労《いたわ》りと優しさがふくまれていた。

何度も、何度も、『死なない件《くだん》』を撫でながら、団長はくりかえした。

「ああ、痛かったろうねぇ。辛《つら》かったろうねぇ。ごめんねぇ。かわいそうに。かわいそうに。なんで死んでしまったんだ、私の件、私の金、私の神様」

ぼろぼろ、ほろほろと、団長は泣き続けた。だが、急にキッと唇をひき結んだ。

憤怒と殺意に顔を赤く染めて、団長は吠《ほ》えたてる。

「誰が、私の『死なない件』を殺したんだ⁉」

シンンッと、あたりは鎮まり返った。返事はない。

この場には、団長と皆崎《みなさき》とユミと愛子《あいこ》、ナイフを回している羽金《はがね》青年に、久世《くぜ》の旦那に背負われた矢嶋《やじま》の姐御《あねご》、茉莉奈《まりな》がそろっていた。だが、誰も彼もが目をそらす。

それも当然だ。ここで、『ハイ、私が犯人ですっ！』と名乗りでるものあれば、すでに団長に殺されている。ふーっふーっと団長は息を荒らげた。ヨダレの泡が顎を伝って滴り落ちる。恐ろしいことに、そこには血と、噛《か》みしめすぎて砕けた奥歯が混ざっていた。

彼の怒りは、臨界点を越えている。

このままでは全員が殺されかねない。

そう、皆崎とユミが危惧したときだった。

「『魍魎《もうりょう》探偵』さんと助手さんと団長と久世さんたちはいっしょにいたって言うから、容疑の外ね。それでアタシは団長の大切なハニーちゃんだから、そんなことしなくってよ！」

ツンッと、鼻を高くあげて、愛子が謳《うた》った。皆崎が口を開く。

だが彼がなにかを言う前に、彼女は天井を仰いだまま続けた。

「凶器を調べてみれば、わかることもあるんじゃゃなくって！」

「そ、そうだな。愛ちゃんの言う通り、現場検証は大事だ！」

団長は応える。彼は『死なない件』の背中に刺さったナイフをえいやっと抜いた。どろりと体の奥深くから血が溢《あふ》れる。これだけ深く刺されていた以上、件は即死だっただろう。

そしてナイフの刃には、Jの字の刻印があった。

羽金《はがね》青年が、すっとんきょうな声をあげる。

「ええっ⁉ 僕のナイフ⁉」

「んん？ なんで、Jなんでぃ？」

「単にかっこいいから、なんとなく……でも、なんで、僕のナイフがそんなところに！

見てのとおり、こうして、僕はナイフをずっと回し続けていて、一本の欠けもないのに⁉」

「ほら、ご覧なさい、白状したわね！ こんなの自白とおんなじよ！ ずっと羽金君はナイフをくるくる回してる。そこから誰も凶器は奪えない。なら彼が殺したに違いないわ！」

「そ、そんなぁ」

あんまりな愛子《あいこ》の決めつけに、羽金青年は情けない声をあげた。

団長はナイフを握りしめる。冬眠から目覚めた熊のような声を、彼は腹から押しだした。

「おまえかぁああああああああああああああああああああああああ！」

「ひぃいいいいいいいいいいいいいいいいいいいいいいいいいいいい！」

赤色の暴風と化し、団長は突進する。そのさまは猪突猛進《ちよとつもうしん》の闘牛がごとし。人間に止められるとは思えない。ナイフを回し続けながら、羽金青年は哀れな叫びをあげた。

ガチリと、皆崎《みなさき》はキセルを食《は》んだ。

ひと吸い、ひと吹き、ひと言。

「遅れましたが見つけた。『騙《かた》り』だ」

「なら……やるってのかい？　皆崎のトヲルよう！」

「ああ、そうですともさ」

皆崎は山高帽をかたむけた。

他の面々はキョトンとしている。その中で、団長は羽金青年を刺そうとナイフを振りあげた。パンッと、ユミは手を叩《たた》く。団長の動きは急にスローモーションになった。そこに音が重なっていく。パンッ、パンッ、パパパパッ、パンッ！

柏手《かしわで》のごとく音がひびく中、『魍魎《もうりよう》探偵』は宣言した。


「これより、『謎解き編』に入る」


誰が、『死なない件《くだん》』を殺したのか。

なぜ、『死なない件』は殺されたのか。

なぜ、『死ねない件』より、手紙が届いたのか。

パンッと、ユミは音を鳴らした。

「乞う、ご期待！」

＊＊＊

「おっ？」

「えっ？」

「アラ？」

「あら？」

「はて？」

「んっ？」


団長、羽金《はがね》、愛子《あいこ》、矢嶋《やじま》の姐御《あねご》、久世《くぜ》夫婦の姿は一度消え、裏の小規模なテントの観客席へと飛ばされた。彼らは全員、革張りの椅子に座らせられている。だが、正確には、矢嶋の姐御については――巨大なぬいぐるみに抱えさせるという――配慮がなされていた。ぬいぐるみは大道具の倉庫から、勝手に移動させたものである。

他には、団長の手の中のナイフも奪ってあった。

摩訶不思議《まかふしぎ》なできごとに、全員が顔を見あわせようとして――できなかった。

互いの顔は、まったく見えない。テントの中は、まっくら闇だ。

みながみな、とてもとまどう。だが、不意に、カッとまぶしく灯《あか》りがついた。

白く、照らされた舞台のうえで、空中ブランコがぎぃっと鳴る。

『魍魎《もうりよう》探偵』は騙《かた》らぬ。

ただ、語るばかりだ。


「さて、まずは『誰』のほうからまいりましょうか。こちらはカンタンな謎でございます」

「べべんべん」

銀のブランコに腰かけて、皆崎《みなさき》はツイッと座席を漕《こ》いだ。その前で、ユミが空三味線《しやみせん》を爪弾く。まるで、こういう出し物があるというかのように、皆崎は堂々と声をひびかせた。

「羽金《はがね》青年は、常にナイフ・ジャグリングをしている。公演直前、なんなら公演中も離すとは思えません！　ならば、犯人は羽金青年、いやいや」

「べべん、べんっ！」

「その手から、一本のナイフが完全に離れたことがあったはずですぜ！」

「えっ……そんなことは……でも……あっ、ああっ！」

カッと、羽金青年は目を見開いた。ガクンッと首を動かして、彼は愛子《あいこ》に視線を向ける。ツンッと愛子は鼻先を宙に向けた。だが、そこには冷や汗が玉となって光りはじめている。ツツイのツイッとブランコを揺らして、皆崎は続けた。

「そう、ナイフ投げの事故のときです。軟体の少女の足にナイフが刺さり、引き抜くために緊急手術が行われた……問題はその後。無事にとり除かれたナイフの行方はご存じで？」

「べんべん」

「し、知りません。愛ちゃんにはもうしわけないばっかりで、僕は回収しませんでした！そうか、手術後、お医者様から、愛ちゃんが受けとっていたのか！」

「ナイフの回収が偶然か、ワザとかはわかりませんがね。どっちにしろ、軟体の少女の手元には他人のナイフが残った……それを使って『死なない件《くだん》』を突き刺して、短気な団長を刺激すれば、ナイフ投げの達人は哀れオダブツ。真相はウヤムヤ。彼女は難を逃れられ、『死なない件』はいなくなる。めでたし、めでたしってなものです」

「べべん、べんっ、べべん」

きれいに、ユミがポーズを決める。だが、誰もそちらは見ていなかった。

全員が愛子に追及の眼差《まなざ》しを向ける。まだまだ、愛子はツンッと上を向き続けていた。

だが、その鼻の頭には大量の汗が浮かんでいる。ふるふる揺れる雫《しずく》がついに崩れたときだ。

悲痛な声で、団長が訴えた。

「嘘《うそ》だよね、愛《あい》ちゃん……私らの大事な大事な子を」

「それがイヤだったんだよ、このウスラトンカチ！」

急に、吠《ほ》え声がひびいた。あまりの声量にびっくりして、皆崎《みなさき》はブランコから落ちる。

きゃあっと、ユミも見えない尾をたてた。ふーっふーっと、愛子《あいこ》は荒い息を吐く。

いつもの高慢な華麗さを投げ捨てて、彼女はドスをきかせて叫んだ。

「あの『死なない件《くだん》』を馬鹿みてぇに愛《め》でてるうちはまだよかったさ！　テメェの金はアタシの金でもあるからよぉ！　でも、『私たちの子だね』、『大事な子だね』、『愛《いと》しい子だね』って、ああああああああああああああああああっ、うぜぇ！　うぜぇっ、うぜぇんだよ！　久世《くぜ》の奥さんと喋《しゃべ》るたび、こっちは赤ん坊が欲しくなるばっかりなのによう！」

「な、なんだって、私らの赤ちゃんを考えてくれてたのかい、愛ちゃん！」

ぽーんっと、団長は跳びあがった。

その様を見つめて、愛子はぱちぱちとまばたきをした。うんと考えて、彼女は最適な判断をくだしたらしい。両手を口元に当てると、愛子はぶりっ子仕草で体を左右に揺らした。

「そうなの……アタシ、団長との赤ちゃんが欲しかったの！　だから、こんな恐ろしいことをしちゃったのね……本当に、件には悪いことをしたと思ってるのよ！　心から、反省もしているわ……ごめんなさい。でも、許してなんてくれないわよね！」

「なにを言うんだい、マイスイートシュガー！　許すよ！　許すとも！」

座席のうえに跪《ひざまず》いて、団長は胸元に手を押し当てた。

自分の肩を掻《か》き抱いて、愛子はくねくねと腰を振る。

「アアッ、ダーリン！　なんて優しいの！」

「それより、こんなおじさんの赤ちゃんなんていいのかい？」

「馬鹿言わないで！　団長はアタシのステキなキャンディちゃんよ！」

愛子は走りだした。観客席の背中を、彼女は痛みをこらえて器用に駆ける。だが、さすがに無理があったのか、勢いよく転びかけた。その細い体を団長の豊かな胸が受け止める。

ひしっと、ふたりは熱く抱きあった。えーっと、羽金《はがね》青年は不満げの声をあげる。

それにもめげることなく、恋人たちの抱擁は続いた。

これがフランス映画なら～ fin ～と表示されたことだろう。

「ところがどっこい、幕は降りません！」

「……べっ、べべん、べべんのべんっ！」

ブランコにもどり、皆崎は声をあげた。それに、まだ痺《しび》れていたユミが、なんとか音を添える。もう一度、皆崎はブランコを漕《こ》ぎだした。きこきこと揺らしながら、彼は告げる。

「この答えは、事件のドまんなかですが、同時に端でもある。『見えない共犯』とでもいうべき存在が、実は別にいるのでございます」

「べんべんっ、べん」

「その人らは『魍魎探偵《もうりょう》』に手紙をだし、テントの中に客以外の自在に動く部外者を入れた。そうして探偵が始末をしてはくれないかとの期待も胸に、念のため、件《くだん》が偽物ではないかとの確認をしながらも……侵入者がいると団長を呼び寄せて、『死なない件』から見張りを外した……」

「べべんっ」

「さらにさらに、普段から軟体の少女の相談に乗り、赤子が欲しい――『死なない件』が邪魔だ――見張りさえいなければ――とのきもちを煽《あお》っておいた」

「べん、べん」

「ま、まさか」

その声は、誰のものだったのか。団長か、愛子《あいこ》か、羽金《はがね》か、矢嶋《やじま》か。

誰でもいい。皆のものかもしれない。それに応えるかのごとく、皆崎《みなさき》は続ける。

「そう、『久世《くぜ》夫妻』……おふた方が仕込み人でございます」

「べんっ！」

皆崎は言いきる。

ユミは腕を伸ばして、ポーズを決めた。

久世の旦那はのったりと立ちあがった。

彼の手をとって、茉莉奈《まりな》も腰をあげる。そうして、彼女は皆崎を見つめた。

まるで女帝がごとく。

彼を計るかのように。

＊＊＊

「動機は」

「はい」

「動機は、わかるのですか？」

「わかりますとも」

きぃっと、皆崎はブランコを揺らした。公園で遊ぶ子供のように、彼はそれを強く漕《こ》ぐ。

耳障りな音が鳴った。あわせて、影も揺れ動く。ぐんっと、ブランコはほぼ逆さになった。

そして、またもどる。

きぃいっ、きぃいっ。

「こちらは『なぜ』にかかってきます。なぜ、『死なない件《くだん》』は殺されたのか。なぜ、『死なない件』より、手紙が届いたのか」

「べんっべん」

「それにはまず、件という妖怪についてを解く必要がございます」

ブランコは漕《こ》がずとも揺れ続ける。それだけの勢いがついたのを確認し、皆崎《みなさき》はくるりとキセルをとりだした。ガチンと食《は》んで、ひと吸い、ひと吹き、口を開く。

「そもそも、『件とはなにか』？」

「べべんべん」

「大きな特徴はふたつあげられます。ひとつめは『人と牛の一体になった姿』、ふたつめは『予言をして数日のうちに死ぬこと』。注目すべきはふたつめだ。妖怪とはいえ、件も生き物。生物はおしなべて、自らに有利となる方向へと進化する。ならば、『予言をして数日のうちに死ぬ』生態は、どう、件にとって有利なのか？」

「べべんべんべべん」

「それは、件という種……予言をせずにはいられない種の保全のためだ」

「べんべん」

ぴくりと茉莉奈《まりな》は眉を動かした。ふぅっと皆崎は虚空に煙を吐きだす。だが、ブランコの動きでその中につっこんでしまい、ひどく咽《む》せた。咳《せき》をくりかえしたあと、彼は続ける。

「ゴホッ、考えてもみてください。もしも、件が死なず、たくさん生まれ、次々と予言をすれば、人の世であろうが、妖怪の世であろうが、やい、コイツは生かしておけぬと根絶やしにされてしまう。だから、件は奇妙な生態システムを作りあげたんですよ。一体が予言をして、数日のうちに死に、それを待って次の個体が生まれる。件があちこちで観測されないのはこのためだ」

「べっ、べんべん」

「つまり、前の件が死ななければ、次の件は『生まれることも、死ぬこともできない』」

「べんべん……うん？　ってことは、皆崎のトヲルよう！　もしかして」

「そう」

ぎいっ、ぎぎいっ。もう一度、皆崎は、ブランコを大きく漕いだ。そして、飛び降りる。

トンっと彼は舞台に着地した。くるりと回したキセルの先で、皆崎は茉莉奈を指し示す。

その膨れた、『本当はもうじきにでてくるはず』の子が入った胎《はら》を。

「『死ねない件』はその中だ」

彼は告げる。茉莉奈《まりな》は応えない。ただ、無言で立ち続ける。

彼女に向けて、皆崎《みなさき》は真実を続けた。

「件《くだん》の多くは牝牛《めうし》の胎《はら》から生まれる。だが、今まで確認された出産例が多くはないことと、人面牛であることから、人間の胎から生まれてもおかしくはないとの推測が成り立つ……手紙の主は前の件――『死なない件』を殺すことで、己の生まれない子供を誕生させたかった、あなたさんである。これが答えでございます」

なぜ、『死なない件』は殺されたのか。

次の件が『死ねない』からだ。

なぜ、『死ねない件』より、手紙が届いたのか。

このままでは、生まれることができないからだ。

そう、皆崎は語りきる。

茉莉奈は、少し笑った。

「それでは……答えてみてください。サァカスの『死なない件』はなんで、件のくせに死ななかったのかしら？」

「言ったでしょう？　アレは件としては半端ものだ。なにせ、予言の的中率が三分の一……生存していても、種族根絶の原因となるような存在ではない。だから、アレは件でありながら、種族の定めを逃れちまったんですよ」

「なるほど」

大きく、茉莉奈はうなずいた。

これにて、『魍魎《もうりょう》探偵』の謎解きは終わりだ。

拍手喝采！　万雷の歓声がひびく！　とはいかなかったが、彼女は小さく拍手をした。

そうして、茉莉奈は腕をだらりとさげる。

「すべて大当たり。私は件の母。胎の中の子が件だと、私にはなぜかわかりました。けれども、まるで生まれない……その原因を探るうちに、ここの『死なない件』にたどり着いたのです。そう、うちの子は、こんな、こんな……」

パシッと、茉莉奈はナイフの柄《つか》をつかんだ。それは、今もなお、羽金《はがね》青年の回しているモノである。もしかして、彼女には胎の中の件の声が聞こえるのかもしれなかった。その指示に従って、茉莉奈は回るナイフの中から、最適なタイミングで一本をひき抜いたのだ。

驚きに、羽金青年は目を丸くする。茉莉奈はその刃先を団長に向けた。

「こんな金の亡者どもが、『死なない件』を保護したせいで、うちの子は死ぬどころか、生まれることすらできやしない！」

「ひいいいいいいいいいいいいいいいっ、お助けえええええええええええっ！」

団長は叫ぶ。だが、彼はきっちりと愛子《あいこ》を背中にかばった。どうやらそこに真《まこと》の愛はあるらしい。だが、茉莉奈《まりな》は情を見せない。彼女は容赦なく団長へ凶刃を突き刺そうとする。

その様子を見て、皆崎《みなさき》はふうっと息を吐いた。山高帽を押さえて、彼はささやく。

「やれやれ、実際に件《くだん》を殺したものは反省している。その謝罪の言葉に、騙《かた》りはなかった。ならば、今宵《こよい》は必要ないかと思えば……そうもいかないか」

「べべんべん」

「では、サァカスでの、今宵の『騙り』はふたつ」

「べべんべん」

「操られ、『件を殺したもの』のついた嘘《うそ》。そして、久世《くぜ》の旦那の、『客かと思ったと団長を呼び寄せた』ときについた嘘」

「べべんべんべん」

すっと、皆崎は手をだした。くるりと、彼はキセルを回す。それはすうっとなめらかに、あるべきカタチに戻るように溶けた。歪《ゆが》み、曲がり、キセルは奇妙な銀色の時計へ変わる。

低い声で、皆崎は語った。

「人と妖怪の揉《も》めるとき、そこには『騙り』がある。さて、此度《こたび》の『騙り』はいかほどか」

歌うような声にあわせて、ふわりと黒いネジが現れた。それはガチャンと時計の背中の穴へとハマる。カクンッと二回、ネジは回された。そのまま、ふわりと時計は宙に浮かぶ。くいっと、皆崎は口の端をあげた。

「二分。なれば」

「おうともさ！」

皆崎の求めに、ユミは応じた。彼女は胸を張る。

皆々様がた、ご笑覧あれ、とユミは床を蹴った。

ひとつ回ると、狐耳《きつね》が生える。ふたつ回ると、ふさふさの尻尾が生える。みっつ回れば、その姿は細く美しい刀に変わった。それは、皆崎の手に落ちる。瞬間、彼の姿も変わった。黒の着物に女ものの紅《あか》い打掛を羽織り、皆崎は銀の刃《やいば》をかまえる。

『魍魎《もうりよう》探偵』は宣言した。

「これより、今宵は『語り』の時間で」

＊＊＊

とんっと、皆崎《みなさき》は舞台を蹴る。

此度《こたび》、件《くだん》に直接手をかけたものについては罪が暴かれ、本人も反省を見せた。なにより、どろりとした欲や執念が晴れていたため、切る必要はないだろう。

だから、彼は客席のうえへ舞いあがった。怪力の旦那が、茉莉奈《まりな》を後ろに逃がす。威嚇のように、旦那は両腕を振りあげた。その真後ろへ、皆崎はひらりと着地する。

「語ってひとつ。奥方の犯罪に手を貸してはならぬ」

ふわりとひと薙《な》ぎ。皆崎は旦那を切る。血はでなかった。

だが、ぐるりと白目を剥《む》いて、彼は倒れる。踊るように、皆崎は動いた。

「語って最後」

その視線の先には茉莉奈がいる。一連の狂騒を前に、彼女は激しく首を横に振った。

膨れた胎《はら》を、母の優しさで撫《な》でで、彼女はかばう。必死になって、茉莉奈は叫んだ。

「嫌、嫌よ」

「子のためとはいえ、他者を殺すように企ててはならぬ」

「私はこの子を生みたいの！」

皆崎が迫る。茉莉奈は逃げ回る。

母として子を生かすためだけに。

未《いま》だ生まれぬ、件のために。

その首を、皆崎はぱくりと裂いた。糸が切れたかのように、茉莉奈は倒れ伏す。

冷徹に、冷淡に、『魍魎《もうりょう》探偵』はささやいた。

「これにて、今宵《こよい》の語りは仕舞《しまい》」

スッと、彼はまっすぐに刀を下ろす。カチッと、銀の時計が動く。

ちょうど二分が経過した。どろんっとユミと皆崎の姿は元に戻る。

皆崎の目が紅《あか》くなり、少し染まって、いつもの色へともどる。ユミは歌った。

「べべん、べんべんべん」

お後がよろしいようで。

＊＊＊

此度《こたび》の『騙《かた》り』は件《くだん》にまつわるもの。

皆崎《みなさき》が切ったのは、ソレの生まれないことへの、茉莉奈《まりな》たちの怒りと憎悪だった。

体自体は切っていない。

だから、胎《はら》の子にも、茉莉奈が心配したような異常などなかった。

ただ、人が変わったかのごとく穏便に、彼女はサァカスを後にすることに決めた。

団長は愛子《あいこ》への真のLOVEに目覚めている。『死なない件』のことは残念だが、子にまつわる事情があったのならばしかたがないと、団長は久世《くぜ》夫婦を温かく見送った。元気でねと、愛子と矢嶋《やじま》は泣いた。羽金《はがね》は路銀の足しにとナイフを一本くれさえした。売ればいくらかにはなるだろうからと。

そうして、茉莉奈は今ここにいる。

彼女は小さな個人病院に身を寄せていた。茉莉奈の息は荒い。その手を、旦那が涙ぐみながらしっかりと握っていた。そばには、事情を知る、皆崎の用意した妖怪専門の産婆が控えている。茉莉奈は痛みに耐え、しっかりと習った呼吸をくりかえした。

もうすぐ、茉莉奈の切望した子が生まれる。

興奮でぴょんぴょんするユミを、皆崎は手で押さえた。

目の前の光景をじっと見つめ、彼は重い声でたずねる。

「本当によいのですか？」

「なにが、ですか？」

「その子は件だ。生まれても、予言をして、数日で死ぬのですよ」

悲しそうに、皆崎は問う。だが、ふわりと、茉莉奈はほほ笑んだ。

力強く、彼女は言いきった。

「いいの、です。生まれることは、やがて死ぬことに他ならない」

生まれなければ、死ぬこともできないのですから。

なるほどと、皆崎はうなずいた。ならば、もう言うべきことはなにもない。これにて、

此度の依頼は完全に仕舞《しま》いだ。ユミの手を引いて、彼は歩きだした。

『魍魎《もうりょう》探偵』の出番は終わり。
これにて、オサラバさらば。

それに貴重な親子の時間にでしゃばらないほうがいいだろう。そう、皆崎《みなさき》は考えたのだ。残りたそうにしていたものの、ユミはしかたなく後をついてくる。リノリウムの緑色の廊下を歩いて、ふたりは病院の外へでた。ザクザクと、皆崎とユミは落ち葉を踏む。

やがて、泣き声が追いかけてきた。

だが、それは人間の子供のものと、牛の声が混ざっている。
山高帽を胸に押し当てて、皆崎は小さくつぶやく。

「おめでとう」

そして件《くだん》は生まれた。
生きて、死ぬために。

とまどったように、ユミは皆崎《みなさき》を見あげた。首をかしげて、彼女はたずねる。

「皆崎のトヲルよう、これはめでたいことなのかい？」

「ええ、めでたいことですよ、ユミさん」

迷いなく、皆崎は応えた。

茉莉奈《まりな》の笑顔を思いだしながら、彼は噛《か》みしめるように言葉を続ける。

「とても、めでたいことです」

「なら、今日は祝いだな」

「ええ、そうしましょうか」

「俺様は蜜柑《みかん》が食べたいぜ」

「ユミさん、希望がささやかですね」

遠くへと、皆崎たちは歩きだす。

今宵《こよい》も、『魍魎《もうりよう》探偵』は騙《かた》らない。

第三の噺《はなし》／鬼の騙り

ひゅっ、ひゅっ、ひゅっ、ぴぃひゅるあぁ。

ひゅっ、ひゅっ、ひゅっ、ぴぃひゅるあぁ。


いかなる笛か、独特の音が鳴りひびく。

夜闇の中に、それは高くもやわらかく広がった。その調子は楽器の音色というよりも、まるで木立の間を吹き抜ける風のよう。耳に優しくも寒々しい。延々と続く、崩れかけのあぜ道を歩いているときなど、特に、そう感じられてしかたがなかった。

今は十月。刈り入れのころ。

だが、ひび割れた田の名残りに、稲の姿はない。

皆崎は知っていた。混乱の激しかった際、ここは妖怪と人間の戦いの場のひとつとなり、焼けてしまったのだ。だが、妖怪とは侵略者ではない。彼らは自然と湧きでる存在にすぎず、妖怪自身も、急な変化に困ってすらいる。そう、人間側が理解するまで争いは続いた。

終わりを迎えるまでに、双方の死骸がたくさん積み重ねられた。

結果、土は血で穢《けが》れ、川は紅《あか》く濁り、ひどいときは獣も逃げた。

だから、今ではここには誰もいない。

そのはず、が。

遠くに灯《あか》りが。

ひゅっ、ひゅっ、ひゅっ、ぴぃひゅるあぁ。

ひゅっ、ひゅっ、ひゅっ、ぴぃひゅるあぁ。


「……これは、どなたかいそうですね……ユミさんや。備えて、そろそろ起きませんか？」

「うーん、もう食べられねぇよ……むにゃむにゃ」

「あなたさん、僕の背中で寝ている場合じゃないかもしれませんぜ？」

そう、皆崎《みなさき》は語りかける。

彼の言葉のとおり、ユミはくたびれたスーツの背中におぶわれていた。

ぺったりと皆崎にくっついて、彼女は丸くなっている。その体を少しばかり揺さぶって、皆崎は優しく起こそうとした。だが、えへへと、夢うつつに蕩《とろ》けた寝言が返る。

「あー……そりゃ、皆崎のトヲルの好物だぜ。アイツにやってくんなぁ」

「おー、食いしん坊なユミさんが、夢の中とはいえ、僕に食べ物を譲ってくれるとは……嬉《うれ》しいことじゃございませんか」

「ん？　秘密でどうぞ？　内緒に？　それじゃあ……俺様が失敬して……へっへっへっ」

「もう、ユミさんってば。コラッ」

小刻みに、皆崎はユミを動かした。だが、見えない尾をふらりと振って、ユミはご機嫌で眠り続ける。じゅるりと、彼女はあふれたヨダレを呑《の》みこんだ。

そのときだった。

遠く遠く、村の灯火《ともしび》のもとから、ひとりの男性が歩いてきた。

顔には白布、手には錫杖《しやくじよう》。すわ、山伏《やまぶし》かと思えば格好は擦りきれた洋装とスニーカーだ。

皆崎の前までくると、男は深々と礼をした。しゃらん、錫杖が鳴らされる。

「失敬……『魍魎《もうりよう》探偵』様で？」

「そうですが、よくおわかりになりましたね？　よき目をお持ちで？」

「いえいえ。看破したのは私ではございません。私どもの巫女《みこ》様が、遠くを歩かれる『魍魎探偵』様の圧に気づかれたのでございます」

しゃらん、錫杖。遠くには笛の音。そして揺れる村灯り。

すべてを背負って、男はゆるりと皆崎を手招いた。

「いかがです？　我らの村に寄っては行かれませんか？」

「なぜ『魍魎探偵』を招くのです？　理由はおありで？」

「もちろん、ございますとも。なにせ、今宵《こよい》は」

しゃらんと音。ふわり、白布は揺れる。
小さく声をひそめて、男はささやいた。
「『鬼退治』の祭り、でして」
しゃらん。ひゅっ、ひゅっ、ひゅっ、ぴぃひゅるあぁ。
奇怪な音を背に、村灯《むらあか》りは滲《にじ》み、人間は鬼退治を謳《うた》う。
皆崎《みなさき》は、考える。
これではまるで、
御伽草子《おとぎぞうし》だ。

＊＊＊

ひゅっ、ひゅっ、ひゅっ、ぴぃひゅるあぁ。ざわざわ、ざわわ。
ひゅっ、ひゅっ、ひゅっ、ぴぃひゅるあぁ。ざわざわ、ざわわ。

男の招きで、皆崎たちは笛の音の続く村に着いた。

すぐさま、ふたりはざわめきに包みこまれる。

村人たちは精一杯に着飾って歩いていた。目の前に広がるは、橙色《だいだいいろ》に滲む祭りの喧騒《けんそう》。

ずらっと並んだ食べものを売る店の列を目にして、ぴょーんっと、ユミは跳びあがった。

「わー、皆崎のトヲルよう！　出店だ！　屋台だ！　久しぶりじゃねぇかよぉ！　こんちくしょうめ、色々、食うぜ！」

「あのね、ほどほどに頼みますよ、ユミさん。我々、悲しいことに、人間の金の持ちあわせは少ないんですから……」

「端から端まで、俺様のモンだい！」

「……ユミさんねぇ」

青色の浴衣に包まれた肩に、皆崎は手を乗せようとする。だが、見えない尾をぶぅんと振って、ユミは駆けて行ってしまった。楽しげな背中は、どうにも止めるにはしのびない。

しばらくは、野宿に雑草粥《がゆ》か、と皆崎は決意する。

けれども、その心配はいらなかった。

焼きとうもろこしに、みたらし団子、蜜柑飴《みかんあめ》に、炙《あぶ》りスルメ、五平餅などを抱えながら、ユミはてってこと帰ってきた。提灯《ちょうちん》の火と興奮で両頰《ほお》を染めながら、彼女は声を弾ませる。

「皆崎《みなさき》のトヲルの野郎！　スゲェぜ、これ、みーんなタダだってよう！　てやんでぃ、こんちくしょうめい！　スゴすぎて、俺様……へへっ、涙がでてきちまった」

「泣くほど嬉《うれ》しいんですかい」

「あったりまえだろう⁉」

「……勢いが凄《すご》い」

そんなに飢えさせていたかなぁと、皆崎は考える。だが、周りをほったらかして思索にふけるのはよくない。ふるふると彼は首を横に振った。傍らにたつ、白布の男にたずねる。

「いや、いや、しかしですよ。確かに、こいつは見事だ。夜市よりもよっぽど豪勢だ……どういうことです？」

意味なく、男は己の顔の前に手を立てた。彼はほほ笑んだらしい。布の動きで、そうとわかった。そして、男は念仏でも唱えるかのように低い声で語りだした。

「この祭りには催し用の芸者以外、外の人間はほぼ訪れません。豊穣《ほうじょう》商会のものすらも、招いてはおりませんで……屋台も村のものを楽しませるために、準備会がたてたものでございます。巫女《みこ》様のおかげで街は豊かですので……すべてはふるまい。と、まあこういうわけでございます」

「へぇ、このご時世にねぇ」

「アレもコレも食べるぜぇ」

「ユミさん、あんまりごうつくばっちゃ、お腹《なか》を壊しますよ！」

手をメガホンにして、皆崎は呼びかける。だが、弾丸のごとき速さで、ユミは祭りの中へともどってしまった。やれやれと、皆崎は首を横に振る。そこで、顔を白布で隠した男が——あなた様もおひとついかがですか、と——すうっと、焼き味噌《みそ》をつけたキュウリを差しだした。それじゃあいただきますと、皆崎は受けとる。

「やあ、これは美味《うま》いや。

「たんと召しあがれ」

共にバリボリと食べながら、ふたりは歩きだした。

暗闇を払うかのように、提灯《ちょうちん》の列はほのかに光っている。招かれた芸者たちは空中で独楽《こま》を回し、カラクリに綱渡りをさせ、蜘蛛《くも》を戦わせ、流行《はや》り歌を唄い、夜語りをつむいだ。それに、高くも奇妙な笛の音が重なる。

数は少ないが、子供たちが明るく笑った。彼らはシャボン玉をふくらませ、金魚を掬《すく》う。

皆崎は思った。この一夜は、まるで泡のよう。

現実味を失いながらも愉快にかがやいている。

笑い声に沸きたつ空気の中、皆崎はたずねた。

「それで……『鬼退治』とか？」

「ええ、『魍魎《もうりょう》探偵』様もご存じでしょうが、鬼とは人を食らう妖怪です。かつての戦でも、一番人と揉《も》めたのは、名を持ち、徒党を組み、部下を連れた、鬼だったとか……ゆえに、我らはなによりも悪鬼を恐れている。ですが、なんてことでしょうか。我らのもとにも、ソレが現れたらしいのです」

「根拠はおありで？」

「実は……子供たちが怖がるので、大声では言えませんが」

きょろきょろと、男は左右を見回した。誰も、こちらには注目していないことを確かめる。そうして、彼はひそひそとささやいた。

「……すぐ近くの谷間で『食われた死体』が大量に発見されまして」

「ほう」

「前からこの近くの山道では『鬼がでる』と噂《うわさ》されておりました。そうして死体が発見されたと思ったら、おとつい、本当に鬼が見つけられたのです。ならば、退治をせねばと、巫女《みこ》様が奮起をなさいまして」

「ほうほう」

キュウリをバリボリしつつ、皆崎《みなさき》はうなずいた。同時に、彼は冷静に判断をくだす。

ここまでの語りに、『騙《かた》り』はない。

不意に、男は顔を伏せた。案ずるように、彼は続ける。

「ですが、相手は妖怪……特に、鬼は怪力です。我らも敵《かな》うかどうかはわかりませぬ。巫女様もでられるというが、だからこそ心配だ」

「きもちはわかりますよ」

「なればどうでしょう『魍魎《もうりよう》探偵』様」

そこで、男はわかりやすく揉み手をした。

気持ち悪いほどの猫撫《な》で声で、彼は皆崎にうったえる。

「ひと足早くに『鬼退治』とはまいりませんか……」

「ははぁ、なるほど、ナルホド。だから、僕を呼んだわけだ」

「そうはいきませんかね？」

「うん、うん、僕はね……」

「行こうぜ！　皆崎のトヌルよう！」

間近で、ブゥンと黄金色の尻尾が振られた。だが、それは錯覚だ。

今のユミは九本の尾のうちの八本を、ちょん切られてからずいぶんと長い。それでも、見えないソレをぴんっとたてて、ユミは元気に訴えた。

「散々馳走《ちそう》になったさ！　腹いっぱいだ！　こんな満足は、俺様ってば久しぶりだぜぇ！　恩は返すのが人情ってもんよ！　でへへっ！」

「やれやれ、すぐにぐにゃんぐにゃんの骨抜きになっちまうのはね、ユミさんの悪い癖ですよ……まあ、僕も行ってもいいとは思っていましたが」

山高帽をかたむけて、皆崎《みなさき》はささやく。

白布の男は、じゃあと声を弾ませた。だが、ぐるりんと顔を向けて、皆崎はたずねる。

「出立前に、巫女《みこ》様にはお会いできないんで？」

「うっ……それが、戦いの前には誰ともお会いしたくないと」

「そうだろうなとは思いやした……ならば、しかたない。行きましょう」

皆崎はキュウリのヘタを口へ放りこむ。ぽくっと噛《か》み、呑《の》みこんで、キセルを持った。

そして、ひと吸い、ひと吹き、ひと言。

「『魍魎《もうりょう》探偵』……確かめたいこともあるもんで」

「いざ、鬼退治だぜ！」

「ユミさん、こらこら」

どうにもしまらないなと、皆崎は笑う。

ユミを連れて、彼は山の中へ向かった。

＊＊＊

ほうっほうっ。ぼぅっぼうっ。ほうっほうっ。ぼぅっぼうっ。

うるぁあああああああああ、あおぉおおおおおおおう。

梟《ふくろう》が鳴く。狼《おおかみ》が吠《ほ》える。影絵じみた木々の間にその声は沁《し》みわたるかのごとく広がった。

元々、ユミは九尾の狐《きつね》で、獣の王だ。夜に潜むものたちを、彼女は恐れなどしない。こんこん、けーんっ、とユミもまた挑発するように鳴いてみせた。そして、くけけけと笑う。

ふむと、皆崎はうなずいた。

「いつのまにか、山には獣たちが帰ってきたんですね……つまりは……さてはて……いや……残念ながら、違うなぁ」

「どーしたんでぃ、皆崎のトヲルの野郎？」

「いえね、ちょーっとばかし、思うところがございまして。それよりも、ユミさん、足元にはご注意を。暗いうえに、ねばっと滑りますぜ」

「ケッ、狐の俺様に、なにを言ってやがんだよ！」

「それもそうだ」

降り落ち、腐り、濡《ぬ》れた葉を踏んで、皆崎たちは進む。

暗闇の中でも、ユミは獣道を見つけては、健気《けなげ》に彼の手を引いた。ざくざくさくさくと、ふたりは歩き続ける。やがて、粗末な山小屋が見えてきた。元は炭焼きに使われていたらしい、煤《すす》けて波をかぶった、隙間だらけの建物だ。しんと、あたりは静まりかえっている。だが、入り口付近の葉は踏み固められていた。さてはひんぱんな出入りがあると見える。

「行きますぜ」

おうともよ！　とユミは大きくうなずいた。

山高帽をかぶりなおして、皆崎《みなさき》は足を運ぶ。

そのときだ。ひゅうぉっと風が吹いた。

空が晴れる。月が覗《のぞ》く。白い光が射《さ》す。

皆崎たちのうえに、まぁるく影が落ちた。

「……えっ？」

ガキンッ！

鋭い音が鳴った。

影に振るわれた山刀の一撃を、なんと、皆崎はキセルの先で受け止めたのだ。

ギリギリと刃《やいば》が雁首《がんくび》に食いこむ。その一点を支点に相手を揺らし、皆崎は鋭く払った。

勢いに、敵は後ろへ跳ぶ。だが、ダンッと木の側面に着地した。そのままダンダンダンッと、影は木々の間を移動していく。助走代わりに跳躍を続けて、速度をあげるためだろう。

だが、それには時間もかかる。

今のうちにと、皆崎は叫んだ。

「ユミさん！」

「おうとも！」


第二撃！


加速した銀の閃光《せんこう》が、皆崎に迫る。

キィイイインッと高い音が鳴った。


影の突きを、皆崎はユミの変わった刀で防いだ。だが、彼自身の姿はスーツのままだ。

今は『騙り《かた》』を得てはいない。

なれば、常世の裁定者としての力は奮えなかった。

それでも、得体の知れない相手と、皆崎は現世を歩くための姿で互角に切り結ぶ。嵐のように襲いくる重い斬撃を、彼は——人間のままの——腕への負担は避けて受け流した。

そうして、ガッと切り結ぶ。ふたたびの拮抗《きっこう》のあと、皆崎《みなさき》は相手を大きく突き放した。

ザッと、影は地面に降りる。

まだ新しい葉が舞い踊った。

木々の間に、月光がまぶしく射《さ》した。

冴《さ》え冴《ざ》えと、相手は白く照らされる。

その禍々《まがまが》しき姿に対し——刀に変わったまま——ユミはささやいた。


『……鬼』


紅《あか》らんだ体に立派な角、逆だった髪に醜い顔つき。そして、腰蓑《こしみの》。絵に描いたような鬼がそこにはいた。唸《うな》るように、鬼は息を吐く。もう一度、彼は皆崎に切りかかろうとした。

そのときだ。

「なにか勘違いしているようですがね。こちとら、人間の味方ってわけじゃあない」

「…………ぬ？」

「あなたさんとは、たんに話をしに来たんです」

『えっ？』

刀から、ユミの濁った疑問の声がした。ぴたりと鬼は止まる。重い沈黙が落ちた。

そうしていかほどが経《た》ったか。鬼は雷をごろごろと鳴らすような声でささやいた。

「まことか？」

「まこともまこと」

皆崎はうなずく。戦意がないことの証明に、彼は刀を手放した。どろんと、それはユミにもどる。鬼もまた山刀を下へ向けた。驚いたのなんのといったふうに、ユミはたずねる。

「どういうことでい皆崎のトヲルよう！　アイツは人食いだ。なのに味方をすんのかよ！」

「いや、あの鬼は人を食っちゃいませんぜ……」

「ええっ⁉」

ユミは驚きの声をあげる。

彼女に向けて、皆崎は『魍魎《もうりよう》探偵』としての推測を続けた。

「確かに、鬼の多くは人食いだ。だが、『多くを食いながら、部下と徒党を組まず、名を世に轟《とどろ》かせない』のは、悪鬼としてどうにもおかしい……鬼ってのは都まで悪名を届かせて、退治されるのが定石ですからね……『おとつい』急に現れたってのも気にかかる……そうして群れとなって悪さをしない鬼といえば『地獄の獄卒』だ」

頭から、皆崎《みなさき》は山高帽をかぱりと外した。それを胸に押し当てて、彼は鬼へとお辞儀をする。応えて、鬼も深々と頭をさげた。恭しくも親しげに、皆崎はたずねる。

「あなたさんも常世のもんでは？」

ええっ！　とユミは目を剥《む》く。

いかにもと、鬼はうなずいた。

＊＊＊

「この近辺では、人死にが多すぎる……そう、常世の神は案じられた。ゆえに、俺が遣わされたのだ……俺の存在さえなければ、今ごろ『魍魎《もうりよう》探偵』にも手紙が届いたことだろう」

「うーん、確かに『このあたりを歩かなければならないという気分』はナンダカしましたからね……もしや、依頼が入った可能性も」

「いや、違う。確実に入った」

「なぜ、そう言いきれるんで？」

こてんと、皆崎は首をかしげた。森に立ったまま、ふたりは話を続ける。

意味もなく、鬼は深々とうなずいた。迷いながらも、彼は言葉をつむぐ。

「実はある妖怪が、君に手紙をだしかけていたのだ……そこに俺がきて、共に山を降りるか否《いな》かを揉《も》めているうちに今日を迎えてしまった……すまん。半端に、事態をこじらせるようなまねを。反省しきりだ」

「その妖怪とはもしや」

「入るよ」

山小屋の戸を、鬼はドンドンと叩《たた》いた。返事を待たずに、彼はひき開ける。

中は狭い。だが、きれいに掃き清められてもいた。

囲炉裏《いろり》のそばには、着物姿の女が座っている。ハッと、彼女は顔をあげた。醜い女だ。しわくちゃの顔は老人のようだった。だが、目はつぶらだ。ざんばらと乱れた灰色髪を振って、彼女は土下座をした。カタカタと小さく震えながら、女は意外にも美しい声で囀《さえず》る。

「これは『魍魎探偵』様！　あ、あのう、人間たちの頼みを聞いて、我らの討伐に来られたのではなかったのですか？」

「罪なきものを切るほどに、僕の目は鈍っちゃいませんぜ……で、あなたさんは？」

「彼女は山姥《やまんば》だ。長くこの山に棲《す》んでいる。そして、人の世は怖いと、下界に降りることをためらっていた……元々、村のものたちは発見された死骸を彼女のせいにするつもりでいたんだ。だが、鬼の首を獲《と》ったほうが他所《よそ》への説得力があるかと考えたのだろう。標的を俺へと切り替えた」

「それだけじゃございませんぜ。あなたさんを殺せば、常世の監視の目はなくなる。それに、山姥《やまんば》を捕らえて監禁でもしておけば『次の理由』にもできる……つまり、彼らはこのまま『続ける』つもりだったんでさぁ」

「なんて非道な」

ぐっと鬼は拳に力をこめた。怒りを露《あら》わにする彼と伏したままの山姥、そしてキセルを吸う皆崎《みなさき》。三者に次々と視線を投げたあとユミは飛び跳ねた。不満げに、彼女はたずねる。

「話がまったく見えないんだけどよぉ！　村の男の『語り』に『騙《かた》り』はなかったって聞いてるぜぇ！　なら、いったいぜんたい、どうなってるんでい！」

「……ユミさん、それはね」

皆崎はわけを話そうとする。だが、不意に彼は口を閉ざした。

くるりと身を翻し、皆崎はパンッと小屋の扉を開く。ほぼ同時に、彼は強く地面を蹴った。そのまま空中で弧を描き、――飛んできた光――火矢を蹴り飛ばす。

靴先に中心を叩《たた》き折られ、それはふっと消えた。

浮いた山高帽を押さえながら、皆崎は着地する。肌に感じた熱について、彼は口にした。

「火傷《やけど》をしたら、どうしてくださるんで？」

「おい、『騙り』で力は増してないはずだろう⁉　それでこれか⁉　嘘《うそ》だろう？」

「おまえ、もしや口を滑らせたんじゃなかろうな！」

外には誰もいないはずなのに——声が返った。

小屋は武装した村人たちにとり囲まれていた。彼らの手には鎌に弓に刀に斧《おの》。そして松明《たい まつ》が掲げられている。その顔は揃《そろ》いの白布で隠されてもいた。

荒い語調に対して、ひとりの男が、オドオドと声をあげる。

よく見れば先ほど皆崎を招いたものだ。必死に、彼は訴える。

「そんな……俺は確かに『騙り』は」

「ええ、あなたの話に『騙り』はなかった。よくご存じで。【『魍魎探偵《もうりよう》』は、『騙り』を計ることで、現世ではその時間のぶんだけ力を増す。また、本人は『語る』ばかりで、『騙って』はならない】」

常世の決まりを、皆崎は語る。『魍魎探偵』は現世を歩くとき、力を落として人の体に変わる。だが、『騙り』を得ると、その時間のぶんだけは、常世の裁定者としての力をとりもどすことができた。また、『魍魎探偵』が『騙る』ことは、絶対の禁忌とされている。

「その縛りを、あなたさんたちは上手《うま》いこと利用した。見事なもんです」

すうっと、皆崎はキセルを吸う。

続けてふうっと、彼は細く煙を吐いた。大きく、皆崎は肩をすくめる。

「『村は裕福』、『祭りはふるまい』、『大量の死者がでた』、『死体は食われていた』、『鬼がでる』、『鬼退治をする』、あなたさんが言ったのはそれだけだ。これらはすべて事実で嘘《うそ》はない。ただ、『隠しゴト』があるだけで」

「……つまり」

続けてでてきて、ユミが問う。

ゆるりと、皆崎《みなさき》はうなずいた。『魍魎《もうりよう》探偵』は、村の真実を紐解《ひもと》いていく。

「なぜ、『村は裕福』なのか。『大量の死者がでた』のか、この答えは繋《つな》がっている。あなたさんがたは、人の消えた土地に居着いた山賊だ。外の田んぼはまだ枯れている。他の街や村、旅人を襲わなきゃ、ここまで豊かになるはずもなし」

「じゃあ、なんで、鬼にやられたかのように死体は食われて……」

「山には獣がもどっています。谷間に捨てりゃ、そのうち、鴉《からす》や狼《おおかみ》、狐《きつね》や野鼠《のねずみ》が食ってはくれる……でも、それだけじゃないね」

ガチリ、皆崎はキセルを噛《か》んだ。

ひと吸い、ひと吹き、ゆるやかに。

彼はおぞましい真実を吐きだす。

「死体全部がうまいこと食われるとは限らない。それなのに、あなたさんの言葉に迷いはなく、嘘もなかった。鬼に食われたことに説得力をもたせるためか、娯楽のためかはわかりませんが……やれやれだ」

皆崎は首を横に振った。冷たく、彼は目を細める。ぎらりとした眼光が、小屋を囲む、男や女を射抜いた。彼らに対して、皆崎は険しく告げる。

「さては食ってから捨てたね、おまえさんがた」


人の肉を、食らった、人。

それを常世では鬼と呼ぶ。


ざわりと空気がざわめいた。だが、それは知りもせぬことをぶつけられた動揺ではない。罪を糾弾されたことに対しての、恥じらいの反応だった。

サァッと、ユミは顔を青ざめさせる。思わずといったふうに、彼女は声を震わせた。

「おいおい、おい。人が人を食うなんざ、ありなの、かよ」

「もちろん、ナシです。十分に、大罪だ——意味、わかりますかね？　これが常世の神様に知られたら、アンタら確実に地獄に堕《お》ちますよ」

山高帽を斜めにして、皆崎は言い放った。別の反応で、空気はザワザワと揺れる。

皆崎の言葉は、脅し以上の意味を持っていた。なにせ、常世は現世と半ば以上混ざっている。生者にも地獄の実存は認識されていた。そのうえ、『魍魎探偵』とは常世の裁定者。

彼が判ずるところ、確実に重い罰がくだるだろう。

にやり、皆崎《みなさき》は嗤《わら》う。壮絶な顔で、彼は続けた。

「アンタらには永遠の苦しみが待ちましょう。当然、覚悟はできているんでしょうな？　罪人には罰がくだる。誰ひとりとして常世の裁定、地獄の判決——この皆崎トヲルの目からは、逃しやしませんぜ」

「……案ずるな！　元々、鬼を殺させて、弱ったところを倒すはずだったのだ！　予定通り、奴《やつ》を殺せば問題ない！」

叫び、老人が大弓で鋭い矢を射た。それは音をたてて、皆崎に迫る。

ひょいっと、皆崎は片手をあげた。最小限の動きで、彼は矢尻にこつんっとキセルを当てる。そうして掬《すく》うように、射線をズラした。矢はあらぬところへ飛んでいく。

曲芸じみた所業に、老人は息を呑《の》んだ。

挑発的に口元を歪《ゆが》め、皆崎は問う。

「さてはて、僕をどう殺すと？」

「……うっ」

「申し開きのある人は、今のうちにしておきなさいな」

両腕を広げ、皆崎はしばし待った。

その目、その嗤い、その圧——すべてに屈して、中のひとりがたまらず叫んだ。

「あ、あたしは食べちゃいないよ！　本当だって！」

「アッ、バカ！」

別の誰かが叫ぶ。声の主の女は、手で白布のうえから口を塞いだ。だが、もう遅い。

皆崎は大きくうなずいた。謳《うた》うように、彼はささやく。

「やっとの『騙《かた》り』だ」

キセルが溶け、ぐるぐる回って時計に変わる。ふわりと黒いネジが現れた。それは時計の背中の穴へとハマる。カクンッと一回、ネジは回された。そのまま、時計は宙に浮かぶ。

くいっと、皆崎は口の端をあげた。

「一分。なれば」

「おうともさ！」

皆崎の求めに、ユミは応じた。彼女は胸を張る。

皆々様がた、ご笑覧あれ、とユミは地を蹴った。

その姿は細く美しい刀に変わる。それは、皆崎の手に落ちた。瞬間、彼の姿も変わった。

黒の着物に女ものの紅《あか》い打掛を羽織り、皆崎は銀の刃《やいば》をかまえる。

『魍魎《もうりょう》探偵』は宣言した。

「これより、今宵《こよい》は『語り』の時間で」

＊＊＊

それは旋風だった。

それは竜巻だった。

それは斬撃の嵐だった。


「語って数十。人を殺して食ってはならぬ」


ひとつふたつと数える余裕などない。

なにせ、時は短く、罪人は多いのだ。

まとめて、皆崎《みなさき》はそう言い放った。

乱暴な話である。だが、かまいはしないとばかりに、彼は次から次に村人を切っていく。

ひと薙《な》ぎ、ひと切り、ひと太刀。

そのたびに、はらはら、はらりと、村人たちの顔を覆う白布も地に落ちた。

歪《ゆが》んだ表情を暴かれ、彼らはギィッと鳴いて倒れ伏す。まだ、切られていないものたちは、武器を投げ投てて逃げようとした。だが、背中から皆崎の刀が迫る。それも当然。

皆崎とは『皆裂き』と書くのだ。

誰ひとりとして、逃しはしない。

だが、そろそろ一分が経《た》とうというときだ。

満をじして！　と言うように、人々の間から皆崎に迫る刃《やいば》があった。

じゃらじゃら、じゃらり、じゃらじゃらじゃらりっ！

他の命を巻き添えにしながら、ソレは勢いよく振るわれた。その正体は、細蛇のしなやかさと毒蛇の凶暴さをあわせもつ、鎖鎌だ。ぎらりと光る刃は、まず村のものの首を裂いた。

そうして、皆崎の目を派手な血飛沫《ちしぶき》で潰そうと試みる。

続けて、彼が顔を逸《そ》らせたところを狙ってきた。

獰猛《どうもう》な一撃が迫る。

「ふっ」

視線すら向けることなく、皆崎《みなさき》はそれを受けとめた。さらに鎖を掴《つか》んで、一気に引く。だが、そのときすでに、持ち主はいなかった。相手は得物を捨てて、跳んでいる。しかし、皆崎はそれを読んでいた。奪った鎖鎌を、彼は相手に放つ。同時に、舌打ちをひとつ。

「遅い、か」

「わかっておるではないか」

女のやわらかさをもって、相手は嗤《わら》った。すらりと、彼女は腰に携えた刀を抜く。鎖鎌の反撃をすり抜けて、敵は皆崎の真上に落ちた。

キイイインッと、高い音が鳴る。

鋭い刃《やいば》の突きを、皆崎はユミの刀身で受けた。眩《まぶ》しい火花が散る。並の刀であれば、両者ともに折れている力比べだ。だが、ふたりは拮抗《きっこう》する。低く、皆崎は腹から声をだした。

「……アンタが巫女《みこ》様か」

「いかにも」

「山賊たちの棟梁《とうりよう》となり、鬼に『魍魎《もうりよう》探偵』をぶつけ、潰そうとした。さらに『騙《かた》り』の仕組みまで知っているとは……どこの何奴《なにやつ》だ」

「おまえのことは、この尾の記憶が教えてくれたのだよ」

相手は応える。

唇を歪《ゆが》める顔は朽ちかけの果実のごとく、爛熟《らんじゆく》して、美しい——匂いたつようないい女だ。強く切り結び、彼女は皆崎《みなさき》から離れた。『魍魎《もうりよう》探偵』から距離を開けた立ち姿——その背に九本の尾が広げられる。四本の尾はもじゃっとした茶色だ。いかにもみすぼらしい。

だが、残りの五本は黄金色だった。まるで燃え盛る炎がごとく、鮮やかに見事。

それを見て、刀のまま、ユミは声をあげた。

『ゲゲッ、俺様の尻尾!?』

「よもや、よもやですね」

ふたりの前には、ユミの——否《いな》。

伝説の弓御前《ゆみごぜん》の尾をつけた、妖狐《ようこ》がいた。

＊＊＊

べべん、べべんのべべんっ。

語れば遥《はる》か。時は昔。まるで御伽草子《おとぎぞうし》のような過去。

まだ、常世と現世が遠く隔てられていたころのことだ。


弓御前という名の九尾の狐《きつね》が現れた。


妖怪の力が減った当代においてさえ、彼女は人の世に顔をだしては色々と悪さをなした。やれ権力者をたぶらかし、やれ民衆を扇動し、やれ事故を多発させ——そうして、常世の裁定者、皆崎トヲルと追いかけっこをする仲となった。結果、弓御前は追いつめられた。

果ては尾まで切られたのだ。


そういうことになっている。

それだけでは、ないのだが。


まあ、どちらにしろ、今は関係のない話である。

注目すべきは、常世の底にて切られた黄金の尾が、はらはら、ふわりと舞い飛んだこと。

そうして、どこかへ行ってしまったのかと思えば……九本中五本が、見知らぬ妖狐のお尻にくっついているとかいう現実こそが、大変な問題である。

『あれれ、のれ。どういうこったよぉ！』

「うーん、拾われちまったんでしょうな」

「そのとおり。ある日、川で魚をとっていたら、ふんわりざぶざぶ流れてきたのよ」

『えーん、俺様の尻尾がぁ！　桃太郎の桃みてぇになっちまってるよう！』

「そんなことより！　まずいですぜ、ユミさん」

『なにがだい、皆崎《みなさき》のトヲルよう？』

刀に変わったまま、ユミはのんきにたずねる。

その声に応えるかのように、カチンッと針が鳴った。

どろんと皆崎の姿は変わる。彼は山高帽にくたびれたスーツを合わせた無力な姿にもどった。銀の時計もとろりと溶ける。とすんっと、それはキセルと化して葉のうえに落ちた。

苦味のにじむ声で、皆崎はささやく。

「ちょうど、一分です」

目の前の妖狐《ようこ》は、にたりと嗤《わら》った。

それは、勝者の笑みであった。

相手はユミの尾を五本もつ九尾。常世の裁定者の力をもってしても、互角に切り結ぶのがようやくだ。皆崎が——現世を歩くための——ただの人の体に戻れば、敵《かな》いようがない。

抵抗したところで、結果は両者に見えている。


これぞ、絶体絶命。

だが、そのときだ。


「ちぇすとおおおおおおおおおおおおおおおおおおおおおおおおおおおおおおっ！」

野太い声がひびいた。さらにぶおうっと空気を割り、九尾に迫るものがある。

見れば、鬼の棍棒《こんぼう》だ。

無粋な一撃を、九尾は舞い踊るようにたやすく避けた。

鬼は必死に腕を振る。だが、いかんせん大振りだ。その攻撃は、たとえるならば熊が蝶《ちょう》を捕らえようとするようなもの。当たる可能性はほぼない。だが、皆崎をかばうがごとく、鬼は棍棒の乱打で壁をなした。そうして叫ぶ。

「お逃げなさい、『魍魎《もうりょう》探偵』殿！　山姥《やまんば》を連れてお逃げなされ！」

「ですが、それではあなたさんが」

「よいのです！　これは俺のワガママ。俺の身勝手。ひとえに俺の恋心のため！　俺は彼女に惚《ほ》れているのです！　ひと目で妻にと思ったのです！　後生です！　どうか、あの優しい山姥《やまんば》を逃がしてやってくださいませ！」

九尾にひらひらと遊ばれながら、鬼は告白した。

そんな気はしていたがと皆崎《みなさき》は言葉に迷う。惚《ほ》れた女を生かせとは確かにこれ以上なく強い望みだろう。だがこのままでは確実に鬼は死ぬ。うんともすんとも、応えようがない。

そのためらいを察して、鬼は叫んだ。

「死ぬのは承知！　かまいはせぬ！」

「あなたさん」

「さあ、走れい、走れい！」

「……なれば、オサラバ、ごめん」

ささやいて、皆崎は踵《きびす》を返した。嵐のような勢いで、彼は小屋の入り口に向かう。外を覗《のぞ》いていた山姥を、皆崎は軽々と抱えあげた。ひょいっと持ちあげられても、彼女はぼうっと惚《ほう》けている。だが、ハッとして、子供のように小さな手をジタバタと暴れさせた。

泣きながら、山姥は訴える。

「降ろしてくださいませ、『魍魎《もうりよう》探偵』様！　私も彼を好いていたのです！　ここに寂しく、ひとり残してなどはいけません！」

「ならばなおさら、ふたりともを死なすわけにはまいりません。彼を好いているのならば、あなたさんだけでも生き残ってくださいな！　安全なところまでお連れします！」

駆けながら、皆崎は応える。ユミの刀をさげ、山姥を肩に担いで、彼は走った。人の男の平均よりも皆崎は随分と足が速い。みるみるうちに、彼は危険な場から遠ざかっていく。

それでも、妖狐《ようこ》はあとに続こうとした。だが、鬼の気迫の一撃が彼女の足を止める。

「逃すかああああああああああああ！」

「ああ、もう、わずらわしいわね、貴様は！」

ぶすうっと、嫌な音がした。アアアアッと、山姥が高い声をあげる。

ちらり、皆崎は後ろを向いた。そして首を横に振り、速度をあげる。


月は冴《さ》え冴《ざ》えと白。

刃《やいば》を伝うは粘る紅《あか》。


刺された鬼が、刀で宙に掲げられていた。

まるで、百舌鳥《もず》の早贄《はやにえ》がごとく、哀れに。

＊＊＊

肩には山姥。手にはユミの刀。

そのふたつを携えて、皆崎《みなさき》は獣のように走る。

低く、前のめりに、止まることなく、彼は足場の不安定な闇の中を駆けた。斜面を滑り、倒れた木を跳《よ》んで避け、着地して進む。音を聞き、鼻を鳴らして、皆崎は行く先を定めて、全力で急いだ。だが、相手は狐《きつね》であった。本物の獣は、獣を真似《まね》た人間よりも、なお速い。たやすく、皆崎は追いつかれそうになる。

「遅いのだよ！」

嗤《わら》いとともに、九尾の手が伸ばされた。

だが、つかまれる寸前、皆崎は跳んだ。

「ここっ！」

『はぁっ⁉』

「ひいっ！」

悲鳴じみた、ユミと山姥《やまんば》の高い声が重なる。

みるみるうちに、皆崎は闇の底へ落下した。

遠く、妖狐《ようこ》を置き去りに、彼はどぼぉおおおおおおおんと川へと沈む。

オサラバさらば、これっきり。

とは当然、なりはしなかった。

「えほっ、僕の体はもはや人間じゃあない。これくらいじゃ死ねませんぜ……げっほ、ごっほ……無事ですか、おふたかた？」

「なんとかなぁ」

「ゲホッゴホッ」

人型にもどったユミと、山姥がそれぞれ反応を返す。

どうやら、ふたりともぎりぎりではあるが無事らしい。

それを確認して、皆崎は立ちあがった。水を滴らせながら、彼は頭上を見あげる。もう、切りたつ崖は影も形もない。川を流されることで、皆崎たちは妖狐の手から遠くへと逃れることができていた。もうここは安全だ。だが、と、皆崎は一度強く目を閉じた。

まぶたの裏ににじむのは血の残酷な紅《あか》。人も大勢殺されている。

このまま知らぬ存ぜぬを決めこめば、より、多くが死ぬだろう。

皆崎は目を開く。決意を瞳に、彼は言った。

「『魍魎《もうりょう》探偵』、放置はできぬ」

「ならやるってのかい、皆崎のトヲルよう！」

「ええ、そうですよ、ユミさんや」

皆崎《みなさき》は山高帽をかぶり直そうとする。だが、手にはなにも触れなかった。彼の愛用の逸品もまた、流されてしまっている。ため息を吐《つ》き、皆崎はくるりと手を回した。

骨ばった指の間にキセルが現れる。

それだけはずぶ濡《ぬ》れの皆崎と反して、ひと雫《しずく》たりとも濡れてはいなかった。


がきんと皆崎はキセルを噛《か》む。

ひと吸い、ひと吹き、ひと言。


「狐《きつね》狩りといきましょうや」


いざやいざや、狐狩り。

はじまり、はじまりぃ！

第四の噺《はなし》／迷い家の主人の騙《かた》り

どくん、どくん……どくどく、どくっく……どくん、どくん。
どくん、どくん……どくどく、どくっく……どくん、どくん。

生き物の心臓のごとく、大地は脈動している。その表面はやわらかでまるで肉のようだ。よく見れば血管に似た網目模様まで走っている。そばに渦巻く、アレは底なしの血の池か。胃袋の底のような、心臓のうえのような、子宮の中のような、不思議な場所であった。
それもそのはず。

ここは常世の奥、
地獄の底も底だ。

そこに、黄金の九尾が立っている。
花魁《おいらん》に似た打掛の色は紅《あか》。毛並みは一流。美貌は絶世。全身はしなやかに細く、背は高い。それでいて、胸は零《こぼ》れそうなほどに大きく、尻も豊か。まるで、咲き誇る花のごとし。

彼女は天に名の知れた存在。かつての総理大臣を陥落させ、この国に戦争をもたらしかけた狐《きつね》。昔、昔をもっとたどれば、上皇をたぶらかし、朝廷を騒がせ、毒を盛りと――実はさまざまな九尾の狐の伝承はすべて彼女の行ったことであるとも、言われたり、言われなかったりもしている。それが本当か否《いな》かははなはだ怪しい。だが、伝説上の誇るべき大妖怪であることにまちがいはなかった。

ゆえに、常世の裁定者から追われることにまでなった九尾。


彼女こそが、弓御前《ゆみごぜん》だ。


朱色の唇をゆるやかに開き、弓御前はささやく。

「おまえと俺様の因縁も、ついにはここでおしまいってわけか」

「ええ、そうですよ、弓御前。オサラバさらばというやつです」

彼女の前で、皆崎《みなさき》トヲルは応えた。

今、ふたりがいるのは常世の奥だ。だから、皆崎は――人の世にいるときとは異なり――時間に縛られることなく、裁定者としての姿をとりもどしていた。

今、彼は紅色の打掛を羽織ってはいない。

ただ、黒の着物だけを纏《まと》い、銀の髪に蜜色の目をして、皆崎はうなずく。

「ついに、終わりと言うやつだ」

弓御前と皆崎トヲル。

その因縁はとても長い。

あまりにも長すぎて、ふたりともはじまりがいつかも忘れてしまった。

つまり、弓御前と皆崎はそれほどの時間を共に歩んできたともいえる。

思い返せば、へんてこりんな関係であった。

健やかなるときは懲《こ》りもせず追って追われてをくりかえし、かと思えば、皆崎が病んだときには弓御前が果物を持って彼を見舞った。弓御前が病んだときには、皆崎は決して手をだそうとはしなかった。互いに好敵手としてこれを敬い、末永く共にいた。

だが、はじまりがあれば悲しいかな終わりは必然。

今こそ、長年の戦いに決着がつこうとしていた。

だからこそ、噛《か》みしめるように、弓御前《ゆみごぜん》は言うのだ。

「楽しかったぜ……ああ、テメェとの時間は、まるで児戯のごとくに楽しかったなぁ。俺様としたことが、童心に返っちまった。そのせいで、『妾《わらわ》』とかなんとか、今までとりつくろってきた口調すらも忘れちまったぜ」

「それには、本当に驚きやした。あなたさんが、最初に『俺様』って言いだしたときは、どうしようかと思いましたよ」

「なんだよ。馬鹿にするない」

「していやしませんぜ」

「本当かい？」

「そっちほうのが、僕にとっては好ましいや」

「今更、言うのかよ」

「ああ、そうですね……今更だ」

本当に、今更。

悲しげに、皆崎《みなさき》は語る。

するりと弓御前は腕を動かした。その指に弦が触れる。まぶしくもかがやく、人の背ほどもありそうな大弓が出現した。まるで鳳凰《ほうおう》を武器に変えたかのような、燃え盛る逸品だ。

秘伝の『千年焼却乃金色火炎大弓』。

それを自在に使いこなせるのは、常世の中でも、彼女一匹だけである。


ゆえに、弓御前。


最強の得物を手に、彼女は重くささやいた。

「これで本当に仕舞《しま》いかい？　皆崎のトヲルよぉ」

「ええ、お仕舞いです。なにせね、僕には、もう」


あなたさんに勝つ術《すべ》がない。

だから、オサラバ、さらば。

謳《うた》うかのごとく、皆崎は応える。

弓御前はうなずき、そして……。


そして？

「はっくしょん」

「きゃわんっ！　デケェくしゃみだな、皆崎《みなさき》のトヲルよう！」

「あれれ……弓御《ゆみご》……ユミさん？」

「そうだぜ！　テメェのよく知るユミさんさ！　なーにを寝ぼけてやがるんでい！」

「寝ぼけ……ああ、そうか。そうだな。夢だ」

昔のこと、ですもんねぇ。

そうつぶやいて、皆崎は目をこすった。

彼の前を、化け狸《だぬき》の家族が頭に葉を乗せて歩いていく。

床にはアラベスク柄の分厚い絨毯《じゆうたん》。天井にはシャンデリア。ここは人間のものを、なんと妖怪が買いとった一流ホテルだった。過去の依頼者が開いている——知るものだけが知る——妖怪宿だ。元の住処《すみか》に安全がもどるまではと、皆崎はここに山姥《やまんば》をあずかってもらうことにしたのである。彼女は泣きに泣いていたものの無事に部屋へと落ち着いた。だが、精算を頼もうと思ったら、主人に客がきたとかでロビィのソファーで待たされたのだった。

目元をこすって、皆崎はぼやく。

「だからって、寝ちまうとはね」

「疲れてるんじゃねぇか？　川にまで落ちたもんな。無理はいけねぇぜ」

「おや、ユミさん、心配してくれるんですかい？」

「ケッ、俺様は優しいからよぉ！　こういう親切もできるってわけさ！　当然のこってい！　それに、俺様がいねぇと、テメェはまるでダメダメだからな！　ちゃーんと、この俺様が気にかけてやらねぇと！」

「ああ、そうですね……本当に、そうだ」

しみじみと、皆崎は応えた。ふうっと細く息を吐いて、彼は目元を覆う。まるで涙をこらえるかのように、皆崎はぐっと唇を噛《か》んだ。

ユミは首をかしげた。見えない尾をはたはたと振って、彼女はたずねる。

「なんだい。しょんぼりしてるじゃねぇかよぉ。どうかしたってのかい？」

「まあ、……ちょっと、ね」

「ほら、笑えよぉ、皆崎のトヲルよ。おまえがそんなだと落ち着かねぇや」

「だからって、人の頬《ほお》をひっぱりゃなひでくらさいよ、こら、ユミしゃん」

そうしてわぁわぁと、ふたりが騒いでいるときだ。

蝶《ちょう》ネクタイをつけた、青白い河童《かっぱ》がやってきた。西洋に憧れのあるという宿の主人は、気どった仕草でお辞儀をする。万事、承知であると、皆崎はうなずいた。くるりと手を回して、彼は虚空から発光するキュウリをとりだす。受けとると、主人はバリバリと噛んだ。すべて食べ終え、河童は満足のゲップをする。

「お代、確かに」

「やれやれ……人間との交渉も、こうやって上手《うま》くいきゃいいんですがね」

嘆きながらも、皆崎《みなさき》は立ちあがった。そこで、河童《かっぱ》が――あるなら売ってくれと――頼まれていたモノを、恭しく手渡した。おおっと歓喜の声をあげて、皆崎はそれを受けとる。

新しい、ピカピカツヤツヤの山高帽だ。

ぴしりとかぶって、皆崎は声をあげる。

「よし、行きますぜ、ユミさん！　……あっ、これのお代もキュウリで」

「やれやれのやれだ。どうにもこうにもしまらないぜぇ。それでもよぉ」

いざ、狐《きつね》狩り！

ぴたりと、ふたりは声をあわせた。すわ、ナニゴトかと、ロビィの妖怪たちは一斉に黙る。無数の視線が、皆崎たちのほうを向いた。縮こまりながらも、ふたりは場を後にする。

カッカッと歩きながら、皆崎は口を開いた。

「さてはてまずは」

作戦会議である。

＊＊＊

「そんなら、ロビィでやったってよかったじゃねぇかよぉ！　ひんひん、歩きながら語れってのはどうかと思うぜぇ！　疲れちまうよぉ！」

「いんや、どこに九尾の手下がいるかわかりませんや」

「えっ、そうなのか？」

「ええ。妖怪宿もそうですし、獣たちのいる山なんかはもっと怪しい……だからこそ、人の街の道を進みつつ、話していきますぜ」

そうして、ふたりは会議をはじめた。

だが、議題は難解だ。

なにせ、相手はユミの尾をくっつけて、脅威と化した妖怪である。皆崎が裁定者となっても力は互角だったのだ。しかも、相手は『騙《かた》り』の仕組みを理解している。下手に口を滑らせはしないだろう。それでは、皆崎の裁定者としての力に期待はできない。

ならば、どうするべきか、

やれ、どうしよう。あーでもない、こーでもないと、ふたりは策を練りあう。話しあいは長期に及んだ。ぴゅうっと風も吹く。

しばし、待たれい。閑話休題。

べべんのべべん、べんべんっ。

「よし決まったな！」

「これがいいですね」

やっとこさ、ふたりはうなずきあった。互いに異論はなし。唯一無二の答えがでる。えーっと、とユミは声をあげた。くるくるりと指を回して、彼女は思いだしながら言う。

「俺様のなくした尾は八本……アイツが勝手につけてたのは五本」

「ユミさんのお尻に今もくっついている一本を除いて……残り三本はどこかにある」

「で、どっかにはあるって意識をすりゃ、匂いで追える」

「ひとまずは三本を回収して、こっちも力をつけること」

「そうと決まれば善は急げだ！　ついてきな！」

ぴょーんとユミは跳びあがった。勢いよく、彼女は駆けだす。

頼もしいことでと、皆崎《みなさき》はそのあとをカッカッと追いかけた。

匂い、とは言ったものの、正確には強くその気にさえなればなんとなくの感覚で位置がわかるものらしい。

どんぶらこと五本は川を流れていった。ならば、残りの三本がめちゃくちゃに離れた場所にあるとは考え難《にく》い。その予測どおりに、尻尾は隣の隣の山の中にあることが判明した。

えっちらほいと、皆崎たちは登山にかかった。ふたりで獣道を進み、たまに転んで、またま転がり、たまに滑って、たまに倒れる。その道行は決して簡単なものではなかった。木の上での野宿も挟んで、ふたりは該当の洞窟へとたどり着く。だが、問題はその先であった。

「おやまあ」
「あれあれ」

山の側面に自然と開いた穴。
その奥の奥で、皆崎とユミは驚きの声をあげた。
ふたりの前の床には獅子《しし》の毛皮が敷きつめられている。この国では、動物園以外にソレはいない。つまり、その毛皮は外国と繋《つな》がっていたときにしか、手に入らなかった代物だ。めちゃくちゃに貴重で、豪勢な逸品である。

さらに、その上にはこれでもかと金銀財宝が積まれていた。

キラキラと宝石や金塊が目にまぶしい。じゃっかん、ヤケクソな集め具合ともいえた。

これがご馳走《ちそう》の山であれば、ユミが飛びついているだろう。だが、ふたりともが、人間の財にはとんと興味がない——ちなみに、それこそが常に路銀が貯《た》まらない原因でもあった。

自然、ふたりの視線はギラギラから外れて、洞窟の主人へと向けられる。

毛皮の上にはどかんと男が座していた。

彼はきっちりと昔ながらの羽織を着て、髪型はオールバックに整えている。現代的なのか、古典的なのかどうにもわからない姿だ。どちらにしろ、確かなことはひとつ。清潔で金のかかった身なりは、洞窟住まいにはとても見えない。『だからこそ』の不気味さもあった。さてはて、この男は何者か。そう、皆崎《みなさき》たちが考えているときだ。

突然、羽織りの袖からにょろりとナニカが覗《のぞ》いた。

目を細めて、皆崎はソレを確認する。管狐《くだぎつね》にも見える。だが、目も鼻もない。

黄金色で、ふわふわした、自在に蠢《うごめ》く、長いナニカだ。

数は三本。

それを指さして、ユミは声をあげた。

「アアッ、俺様の尻尾だぁ!?」

「あなたさん、管狐……東北だと飯綱《いづな》と言うのか。その代わりに、ユミさんの尻尾を使っていらっしゃる……もしや飯綱使いで？」

「いかにもいかにも。当方は、常世とこの世の混ざる前からの代々の憑《つ》き物筋にして、一流の使い手でござい……もっとも、今は川をザブザブと流れてきた尾を、代用品としているのだが。いや、情けなし。だが、使い心地はなかなかいい」

滑らかな声で、男は応えた。飯綱とは、使い手の問いに答えて予言をしたり、人を呪ったり、様々な霊験を現す妖怪だ。あたりの財は、それで儲《もう》けたものなのだろう。ユミの尾を自在に動かしていることといい、男には確かな実力があるようだ。

だが、ユミはぴゃんと跳びあがった。めそめそと彼女は泣きだす。

「ひんひん、俺様の尻尾が飯綱なんかの代わりにされてるぜぇ！」

「ユミさんの尻尾は素養さえありゃ、好きに動かせますからね……しかし、それじゃあ、尻尾は今や大事な飯のタネ。『我々こそがソレの持ち主だ。返してくれ』といっても、聞いちゃあくれませんよね？」

「いや、そうでもない」

「おんや？」

皆崎は片眉を跳ねあげた。くるり、手を回して、彼はキセルをとりだす。

すうっとひと吸い、ひと吹き、ひと言。

「事情がおありで？」

「実は、以前に飯綱《いづな》の入った管をとられた」

口惜《くや》しそうな声で、男は言った。

思わず、皆崎《みなさき》とユミは顔を見あわせる。飯綱使いから、命よりも重いだろう憑《つ》き物を奪うとはどういうことか。しかも相当な使い手からである。相手はただものではないだろう。

そう考えるふたりを前に、男は語った。

「ある屋敷の中に、女がいる。アレから、私の飯綱をとり返してもらいたい」


さすれば、代用品は返そう。


キッパリと迷いなく、男は言った。やはり、己の血液のごとく慣れ親しんだ、憑き物が恋しいのであろう。ユミの尾ですら、代わりにはならないようだ。そして逆さまにとらえるのならば、それ以外では決して返さないということらしかった。

なるほど、なるほどと、皆崎はうなずく。ずずいっと、彼は前のめりになった。

「詳しく聞きましょうかい？」

男は口を開く。夜語りのごとく、彼は話を紡ぎはじめた。

それは、こんな言葉からきりだされた。

「迷い家を知っているか？」

＊＊＊

迷い家とは、訪れたものへと富をもたらす、山中の幻の家を指す。

その門をくぐれば、紅白の花が一面に咲き、鶏が遊んでいる。裏には牛小屋や馬小屋があり、中では立派な葦毛《あしげ》が草を食《は》んでいる。そして豪勢な屋敷の中では、火鉢に鉄瓶がかけられ、煮えている──まるで、今にも茶を淹《い》れようとしていたかのように──けれども、人は誰もいない。そういう場所であり、そういう怪異だ。

屋敷は消えてはまた不意に現れる。再訪は叶《かな》わない。

そんな、『迷い家の主人』に、男は飯綱を盗《と》られた。

詳細について、男は言葉を濁した。ずばり、『行けばわかる』とのことだ。

つまり、語れば最後、皆崎たちは断わるかもしれないと思ってのことだろう。なにやら、危険な香りがする。それでも、行くか、行かないのか。男に問われて、皆崎たちは応えた。

「しかたがありません。ユミさんの尻尾のためだ」

「危険なことは百も承知よ！　いつものことさ！」

彼らは遠くない山中に向かうことを約束する。

だが、迷い家は、狙って入れる場所ではない。

「まあ、そこについてはなんとかなると思いますぜ」

そのはずが、のんきものんきに、皆崎《みなさき》はそう語った。

迷い家は一度出れば戻れないという性質を持つ。だが、皆崎たちはまだ中に入ったことはなかった。ならば、再訪には当たらない。新参者として、訪問を拒まれることはないはずだ。それに、なによりも、彼は『魍魎《もうりょう》探偵』で、飯綱《いづな》使いには正式に依頼をされた。

なれば、迷い家は顔をだす。

現世の律はそうなっていた。

該当の場所に行き着くと、確かに黒き門が立っていた。皆崎の宣言どおりだ。

腕を組んで、ユミは神妙な声をだす。

「ううん、確かにおまえの言ったとおりだぜぃ」

「でしょう。さてはて、話に聞いたとおりの場所かな？」

ひょっこりと、ふたりは外から中を覗《のぞ》きこんだ。伝承と同じく、紅白の花が咲いている。背後には、豪奢《ごうしゃ》な日本家屋も立っていた。鶏が遊び回り、裏手からか、馬の声も聞こえる。

だが、おかしなところがあった。

いや、ある意味では、なにもおかしくはないのかもしれない。


「おや、まあ、お客様ですか？」


飯綱使いの話のとおり、中には女がいたのだ。

美しい女であった。黒髪は艶《つや》やか、目は切れ長、唇は紅《あか》く、鼻は高く、肌は白い。

女は人形的で、どこか不自然な美を誇っていた。それでいて、彼女は実に人間らしく滑らかな動きを見せる。門前に、女は水を撒《ま》いていた。いったいなにを考えているのか、そこは小さな湖のような状態と化している。にこりとほほ笑んで、女は告げた。

「ここは迷い家。訪れたものは、富を授かる場所。たどり着けたということは、あなた方には門をくぐる資格がございます。さあ、さあ、どうぞ、お入りください。この屋敷の主人である、私が招きましょうとも」

優雅に、優美に、女はささやく。

危険で、不吉な匂いがする。だが、『虎穴に入らずんば虎児を得ず』だ。

「……では遠慮なく」

「嫌な予感がするぜ」

皆崎《みなさき》は言い、ユミはささやく。

そっと、ふたりは黒い門を通ろうとした。その直後のことだ。

地面に広がる、大きな水たまり。ソレをぴちゃりと踏んだ瞬間、ずどんと、ふたりは衝撃に貫かれた。よく見れば、水の先にはなにやらコードが浸されている。しかも、ソレは箱型のバッテリーへと繋《つな》がれていた。パチパチと、危うく電気の火花があがっている。

単純な罠《わな》だ。

今が伝承に語られる昔ではなく、電気もある時代だという事実を、皆崎たちは思いだす。だが、そのときには、ふたりの意識はほぼ刈りとられていた。

ゆるやかに、皆崎はつぶやく。

「あれ、よもやよもやだ」

「感電ってのは辛《つれ》ぇなぁ」

ばたり、ふたりは倒れ伏した。夢うつつに、皆崎は女の声を聴く。

くすくす、くすくす、くすくす、彼女は笑った。

やがて声は、あはははははははと高くなる。

揺れる視界の中、皆崎は女のやることを見守った。バッテリーを止め、彼女は皆崎たちを絶縁性の棒で転がした。電気が抜けたのを確認すると、念のためにゴム手袋をつけて、ずるり、ずるりとひきずりはじめる。

体には力が入らないまま、皆崎たちはなす術《すべ》もなく運ばれた。

屋敷の玄関に、着いたが最後、外の景色がぐにゃりと歪《ゆが》んだ。

＊＊＊

皆崎は知っている。

弓御前《ゆみごぜん》は弱い女だ。

悪事を好むくせに情に脆《もろ》く、武に長《た》けるくせに戦いよりも遊びを好む。童子のごとく悪戯《いた》好《ずら》きで本質は純粋。なにかあれば膨れて、かと思えば敵の前ですら明るく大笑いをする。

追って、追いかけ、求めて、戦い、皆崎《みなさき》はやがて理解した。

弓御前《ゆみごぜん》のことを、自分は嫌いではない。

それどころか、芯の芯では敵とすら考えてはいなかった。

むしろ、皆崎は弓御前を好いていた。

彼女の笑顔は楽しげで、いかにも純粋。悪意のカケラもない。

それは、常世にくだってくる罪人たちとは大きく違った。そこで働く判定者として、醜い罪と騙《かた》りを目にするうちに、皆崎はひどく倦《う》み疲れていた。諦念の日々の中では、弓御前との無邪気な追いかけっこだけが唯一の癒《いや》しだったと言ってもいい。

そう、だから、皆崎トヲルは、
彼女にひどいことをしたのだ。

「……僕はそれをずっと後悔して」

「起きろや、皆崎のトヲルよう！」

「ゲフッ！」

内臓をどかんと押されて、皆崎は肺から息を吐いた。

衝撃のせいで、うっかり死ぬところである。

なにかと見れば、ユミが彼の腹に飛び乗っていた。さらに、ぴょんぴょんと縦に跳ねる。追撃に、皆崎はゲフゲフと咳《せき》をくりかえした。ユミを降ろして、あたたたたと体を起こす。

「ゆ、ユミさんや、ご飯はもう食べたでしょ」

「なんで、老人扱いすんだよ！　しかも、食ってねぇよぉ！　まあ、今はそれよりもさ、周りを見てみろって！」

「うん？　はいな」

言われてぐるりと皆崎はあたりを見回した。彼らは広い座敷へと運びこまれている。襖《ふすま》の色は白。天井は高く、床には清潔な畳が広がっていた。だが、驚くべきはそこではない。

意外なことに、皆崎とユミ以外にも人がいた。

彼を囲んで、三名が心配そうな顔をしている。

太鼓を持ち、ぴらぴらとしたピンク色の服を着た芸人らしき男。大きなリボンを結んだ学生服姿の娘。いかにも山歩きは不慣れに見える、サラリーマンらしき青年。どうにもこうにも統一感のない面々だ。彼らは一様に皆崎《みなさき》を案じながらも、不安げな表情をしている。

うーんと悩んだあと、皆崎は口を開いた。

「あなたさんがた、もしや全員、迷い家の噂《うわさ》を聞いて訪れて罠《わな》にかけられたんですかい？」

「いえ、ちょっと違いまして」

サラリーマン風の青年が口を開いた。だが、会話をすることを恐れているかのように口を閉じる。自分の声がきっかけで、なにかが起こるのではないかと怯《おび》えているらしい。

これでは埒《らち》が明かないと、芸人の男が太鼓にも負けない豊かな腹を揺らした。ぽぉんとひとつ叩《たた》き、男は豊かな声を張る。

「拙者はぜひ、芸をと招かれましてな！」

「私は高額で子供の勉強を見て欲しいと」

学生服姿の娘が言った。勉学ができることの証明に、まだ機能している有名高校の制服を着てきたようだ。こんな山奥まで来てしまうとはそれだけ報酬が魅力的だったのだろう。

皆崎は視線を動かす。その先で、サラリーマンらしき青年は汗をぬぐった。

「ぼ、僕はですね。古い屋敷を改造して、民宿にしたいとの相談を受けまして。そのために、プランもいっぱい練ってきたんですよ！　退勤時間をすぎても、残業してがんばったのに……ああ、なんてことだ！」

「うーん、これはこれは……なんて積極的な罠でしょうねぇ」

しみじみと、皆崎は腕を組んだ。

罠の方から、せっせと人を招いている。結果、全員が感電させられ、家の中へと連れこまれたのだろう。その背景には、実に濃厚な悪意が覗《のぞ》いていた。

怯えながら、学生服姿の娘がささやく。

「私たちはどうなるのでしょう？　窓はありませんし、ここの襖《ふすま》は外から塞がれているようです。蹴破ることはできるかもしれませんが怖くって……このまま死んじゃうのかしら」

「なぁに、お嬢さん。人間万事塞翁が馬！　ご安心めされぃ。どーんと構えていれば、なんとかなりましょうぞ、わっはっはっは」

ぽぉんっ、芸人の男は太鼓を叩いた。空気を和ませようとしているようだ。どうやら、悪い人物ではないようだった。だが、大人の努力とは、女学生には通じないもの。

つんっと、彼女はつれなく横を向いた。芸人はムッとする。サラリーマンの青年は、冷や汗をかくばかりだ。そうやって場の空気が凍り、固まりかけていたときだった。

「出られますとも！　ご心配なく！」

甘い声が囀《さえず》った。

もしやもしやと、全員が視線を向ける。見れば、襖は大きく開かれていた。

そこに、幻のごとく美しい女が立っている。

問題は、彼女の背後に広がる光景であった。

女学生はきゃあっと悲鳴をあげた。芸人はややっと声を詰まらせる。サラリーマンはぎいえっと倒れた。皆崎《みなさき》はふうむと顎を撫《な》でる。ユミはほーんと啼《な》いた。

塀の上に針が突きだしている。それに貫かれて、数多《あまた》の人間が蠢《うごめ》いていた。刺され、掲げられて、長いのだろう。腐敗した肉の一部からは、臓物がはみでて、ぶらり、ぶらりと揺れてもいた。彼らは永遠の苦痛の中にいる。生々しい、肉と血の濃い香りが漂ってきた。揺れてもいた。

大座敷の誰もが理解する。

屋敷は現世から、どこかおぞましい場所へと移動されたのだ。

残酷な光景を見せつけるように示して、女はぴしゃりと襖《ふすま》を閉めた。

しんと、重い沈黙が広がる。

にやりにやりと笑って、彼女は告げた。

「皆様ご存じのとおりに、私はこの迷い家の主人です。私の力で、今、家はある時空に囚《とら》われている。私を殺せば、二度と家は現世へともどることはありません。私の言うことをきかなくても、同じ未来が待っています。ただし、言う通りにするよい子は、元の場所へと帰してあげましょうとも」

「ほ、本当か、我らはなにをすればいいのだ！」

唾を飛ばして、芸人が前のめりに問うた。

こういうときに、すぐに求めを聞くのは悪手だ。選択肢を提示されれば、人間は否応《いやおう》なく思考を狭められてしまう。皆崎は、そう忠告しようとした。

だが、止める間もなく、美しい女は続けた。

「異能か、使い魔か、または、大事な宝をさしだしなさいな……さすれば、元の地へと問題なく帰してあげましょう」

「えっと、あのう、なにも持たないものは、どうすればよいのですか？」

震えながら女学生が問いかけた。確かに、彼女は特別なナニカをもってはいなさそうだ。

同時に、皆崎は飯綱《いづな》使いが憑《つ》き物を奪われた経緯を理解した。帰るため、彼は飯綱をさしだしたのだ。家を異次元に飛ばされたと言われれば、抵抗のしようがなかったのだろう。

女学生の無力な問いかけに、女は嫣然《えんぜん》と笑う。お辞儀をしながら、彼女は言い放った。

「そのときは、誰かのモノを奪ってもいい……ああ、それと、それと」

にぃいいっ、女は笑みを深めた。ソレは獣臭の香るような、捕食者の嗤《わら》いだ。

美しい顔にひどく醜い表情を浮かべて、女は親切めかした提案をした。

「体の一部を、さしだしてくれてもかまいませんよ？」

＊＊＊

ぴしゃりっ！

美しい女は襖《ふすま》を閉じた。高笑いと共に颯爽《さっそう》と、彼女は出ていく。

あとには五名が残された。

やれ、大騒ぎ、

なんて惨《むご》いことを、どうすればよいのか。周りが慌てふためく中、皆崎《みなさき》はなにごとかを考えた。やがて、芸人の男が迷いつつも手を挙げた。

「いかん。ここで慌てては、きっと、相手の思うツボだ。大切なものや、体の一部をさしだすのだって、ごめんもごめんよ！　まずはやれることを確かめ、そうして逃げるとしよう。襖が開くか、やってみようぞ」

「そうです。もしかして、脱出できる道もあるかもしれません！　僕たちで協力して、見つけてやりましょう！」

両の拳を固めて、サラリーマンは意気ごんだ。涙目で、女学生もうなずく。皆崎だけは、ふうむと顎を撫《な》で続けた。その右袖を、ちょいちょいのちょいよっと、ユミがひっぱる。

「おい、皆崎のトヲルの野郎よぉ。どうすんだよ。おまえには秀でた異能があるけどさ。それって切り離して渡せるもんなのか？」

「いえ、ユミさん……僕にはこの『魍魎探偵《もうりょう》』の力を置いていくつもりなんか、てんでありやしませんぜ。そもそも、『魍魎探偵』とは僕であり、僕とは『魍魎探偵』だ。分離できるものでもありませんからねぇ」

「んなら、どうするんだよ」

「まあ……なにもしない、が正解ですねぇ」

うんうんとうなずいて、皆崎は応える。

なんだってぇと、ユミはひっくり返った。おいそれでどうすんだよと、彼女は騒ぐ。

ぼそぼそと、皆崎はその耳元にナニゴトかをささやいた。言われてみりゃそうだなと、ユミはうなずく。彼女が落ち着いた一方で、皆崎はよっこいせと腰をあげた。

他の三名は屋敷を探索するらしい。ならば一応確かめておきたいこともあるし、放ってもおけない。ユミを連れて、皆崎はついて行くことに決めた。

まずはと、芸人の男が声を張る。

「行きますぞ、おのおのがた！」

「はい！」

「ええ」

「よござんす」

「なんか、俺様たちだけ微妙に浮いてねぇかこれ」

恐る恐る、芸人の男は襖《ふすま》に手をかけた。やがて、気合いとともに、えいやぁっと開く。

すぱんっと、そこは簡単に動いた。

ふたたび、三名は息を呑《の》む。

庭から覗《のぞ》く外にはやはり先ほどと同じ、凄惨《せいさん》な光景が広がっていたのだ。塀の向こうには、針山が覗いている。そこでくり広げられているのは、苦痛と汚物にまみれた地獄絵図であった。

それを前に、三名は早くも泣きだした。だが、恐ろしい光景はまだまだ続いた。


外廊下を回り、表門を覗く。


門を一歩出た場所には、あろうことか炎の海が生まれていた。

ごうごうと燃え盛る朱色の中では、黒く焦げた髑髏《どくろ》が踊っている。炭化しながらも、崩れそうな手足で舞い続けていた。彼らもまた永遠の苦痛の中にいる。

それを見て、三名は悟った。この炎の海を越えたところで、どこかに逃げられるとは思えない。いや、そもそも燃え盛る火に果てなどあるのか。すべてを呑みこんで、火は無限に広がり続けているのではなかろうか。

ならば、ならば、裏門だ。

だが、そちらに回って、三名はまたもや絶句した。

外には切断された腕が転がっていたのだ。腕、腕、腕、腕、腕、腕、腕、腕、腕、腕、腕、腕、腕、腕、腕、腕。女の腕に、子供の腕に、男の腕に、老人の腕。

ごろり、ごろ、ごろりと、それらはいっそ間抜けな調子で転がっている。

だが、視線を逸《そ》らすと、光景は一変して。

腕は耳になり、足になり、鼻になり、眼球と化した。ただ人間の一部分がバラまかれている事実だけは変わらない。これを踏んで逃げることなど、彼らにはできやしなかった。

それに、誰にでも否応《いやおう》なくわかった。この地を通ろうとすれば、その間に自分の体から該当の部分が自然と落ちるだろう。ここはそういう場所なのだ。

どこにも、逃げることなど、叶《かな》いはしない。残酷な現実を前に、女学生が耐えきれずにうーんと気絶をした。サラリーマンも、がぼごぼと泡を吹く。

くたり、くったり、ふたりは動かなくなってしまった。

女学生を支えてやりながら、芸人は慌てて言った。

「い、いかん。部屋に戻ろう。ここには、逃げ場がない」

「それがよござんすね。この光景は、あなたさんたちには刺激が強いや」

芸人が女学生を抱え、皆崎《みなさき》はサラリーマンを背負った。

ぴょんぴょんと、ユミは手ぶらで後に続く。

そうして、五名は大座敷へともどった。皆崎と芸人は、女学生とサラリーマンを、畳の上に寝かせてやる。ふたりの寝顔は、いかにも悪夢に悩まされているような苦しげなものだ。それを前に、芸人はうなった。じぃっと、彼は皆崎を見つめる。続けて、告げた。

「お主に、提案がある」

「なんか、ロクデモナイ予感がしますがね。一応、聞いてはおきましょうか……改めまして、なんでしょうか？」

芸人は息を吸って吐く。そのたびに見事な太鼓腹が上下した。すうっ、ふうっ、はあっ。丸い腹が揺れる。ぽぉんっと、芸人はそれを叩《たた》いた。ええいままよとばかりに、彼は言う。

「この青年を殺して、バラすまいか？」

「アレまあ」

「ゲゲッ」

あんまりな提案に、皆崎とユミは目を丸くする。

だが、その前で芸人は熱烈に語りだすのだった。

＊＊＊

「女学生には未来がある」

「サラリーマンの青年もまだ若い。未来は十分にあるとは思いますがね？」

「ゆえに、殺すにしのびない」

「僕の話を聞いていますか？」

「男の将来なんぞ、どうでもいいことよ！　それに、拙者は妻に逃げられているのだ！　ここで、彼女のことを助ければ、キャァステキと、惚《ほ》れてくれるやもしれない。あわよくば、拙者の新しいお嫁さんになってくれるやもしれない」

「うーん……そんなに、上手《うま》くいくもんかなぁ」

皆崎は顎を撫《な》でる。その前で、もう一度、芸人の男は腹を鳴らした。

ぽぉおおおんっという音とともに、彼は続ける。

「ええい、ぐだぐだぬかすなぁ！　我らは肉体の一部をさしださなければ、帰れぬのだ。ならば、ひとりをバラすのが最も効率がよく、痛みも被害も少ない！」

「まあ、それはそうですが」

「それとも、貴様にはこの状況を打破できるとでもいうのか！」

「できますよ」

さらりと、皆崎は応えた。

ええっと、芸人は固まる。同時に、えええええっと声があがった。見れば、女学生とサラリーマンが目を開いている。予期せぬ目覚めに対して、芸人は慌てに慌てた。

「待てお主ら。いつから目覚めていたのだ」

「僕は妻に逃げられている、のあたりから」

「私は、お嫁さんになってくれるやもしれない、のあたりから。きっもち悪い」

サラリーマンはじっとりとした目を、女学生は嫌悪感たっぷりの表情を芸人に向けた。

ぷんすこと、芸人は丸顔を赤く染める。茹《ゆ》でダコのようになりながら、彼は叫んだ。

「おのれ、おのれ、しかたがない！　こうなれば全員を掻《か》っ捌《さば》くしかないのだ」

「だから落ち着きなさいと言うに。誰も殺す必要もなし」

「しかし、それでは外に出られず」

「出られますぜ？」

また、あっけらかんと、皆崎《みなさき》は続ける。

三名はこれまたびっくりという顔をした。

迷い家の主人は、要求を呑《の》まないものを出すつもりなどないだろう。そして、外には地獄の様相が変わらず広がっている。主人が家を元の場所に戻さなければ脱出の仕様がない。

そのはずだった。

だが、皆崎はゆるやかにキセルを噛《か》んだ。ひと吸い、ひと吹き、ひと言。

「実は、とっくの前に『騙《かた》り』はわかっていましてね。まあ、ここがどこかをしっかりと確かめたかったもんで、しばらくは黙っていましたが、そろそろ頃合いだ」

「なら、やるってのかい、皆崎のトヲルよう！」

「ああ、そうですともさ」

皆崎は、山高帽をかたむけた。他三名はきょとんとしている。

パンッと、ユミは手を叩《たた》いた。

パンッ、パンッ、パパパパパパパパパパッ、パンッ！

柏手《かしわで》のごとく、音のひびく中、『魍魎《もうりよう》探偵』は宣言する。

「これより、『謎解き編』に入る」

迷い家の主人の理不尽な要求。

そこに隠された偽りについて。

パンッと、ユミは音を鳴らした。

「乞う、ご期待！」

＊＊＊

「あら？」

「えっ？」

「うっ？」

「おっ？」


一番はじめのは、美しい女の声だ。

今回、三名の人間は特に動かされなかった。

高笑いと共に去った女だけが、大座敷へと招かれる。別室で彼女はお茶を呑《の》んで寛《くつろ》いでいたものらしい。湯呑をかたむけたまま、女は間抜けな様子でぱちぱちとまばたきをした。

摩訶不思議《まかふしぎ》な力で彼女を飛ばしたものは、ガツンとキセルを食《は》む。

ひと吸い、ひと吹き、彼は口を開いた。

『魍魎探偵《もうりよう》』は騙《かた》らぬ。

ただ、語るばかりだ。

「そもそも、『迷い家』とはなにか？」

「べべん、べべん、べん」

「それは『山中の家』であり、『訪れたものに富を授ける』場所……複数の伝承において、紅白の花やその内装、牛馬を飼っているところも共通している。また『再訪はできない』。だが、ここにはあってもおかしくない、ある情報が欠けている。『出なかった場合のペナルティについて』の言及がないんですよ」

「べべんべん」

「そうしてね、これが大事なところですが、『迷い家』の中には、通常『人はいない』」

皆崎《みなさき》は語る。三名は首をかしげた。それではおかしい。

『迷い家』の主人はここにいる。

彼女は不思議な力をもって、家を地獄の様相へと飛ばした。それは事実ではないのか。

だが、皆崎は首を横に振った。

「さっきも言ったでしょう。『迷い家』に長く暮らすことへのペナルティは確認されていない。出れば二度と帰れはしないが、い続ければ関係ない。そうして、新たに訪れる人間に、自分こそが主人だと名乗り、迷い家が自然に移動したのを、さも己の力に見せかければ……ほい、『迷い家の主人』の完成です」

「べべんのべん」

「つまり、は」

「ええ、そうです」

問うたのは誰だったか。全員だったかもしれない。

三名の視線が女に集まる。美しい女が怯《ひる》む中、皆崎《みなさき》はキセルを吸って、吐いた。

「つまり、その人は『再訪できない不思議な家』に、『ずっと棲《す》み続けているだけの、ただの人』ですよ」


これが、答えでございます。

べべんべん、べべん、べん。


「だが、外の異様な光景は！　アレはなんだ！」

「ああ、アレは単なる偶然です」

「偶然？」

「そもそも別に異様じゃない――地獄は常にこんなでさぁ」

しみじみと皆崎は言う。うんうんと、ユミもうなずいた。はぁ？　と芸人は声をあげる。

くるくるり、皆崎はキセルを回した。ガツンッと噛《か》んで、彼は続ける。

「伝承のとおりに、『迷い家』とは一箇所には留《とど》まらない。あっちこっちに現れます。そして、その出現場所のひとつが、ちょうど常世とこの世が混ざったところに位置していたんですよ……単に、ここは現世と地続きになっちまってる本物の地獄でさぁ。別に、その女がなにかしたわけじゃありません。我々は家ごと、地獄のうえに『たまたま』移動をした……それだけです」

「べべん、べん」

「しばらく待てば、屋敷はまた元の場所へと飛びましょう。だが、多分、結構時間がかかる。その間に、客は『大切なモノ』をさしだしちまう。それを受けとり、言えばいい。ほら、もどしてあげましたよ……ってね。で、『迷い家』は再訪できない。発覚の恐れはないわけです」

「べべんのべべんのべべんのすけ」

「ユミさん、ちょっと適当になってますね」

「べででん」

応える代わりに、ユミは三味線《しゃみせん》には無茶《むちゃ》な音を口で鳴らした。

ゆらりと、皆崎は女のほうをうかがう。嘘《うそ》を暴かれ、真実を晒《さら》されて、美しい女は鬼のような憤怒を顔に浮かべていた。彼女に向けて、皆崎はたずねる。

「申し開きがあるのならば、聞いておきましょうか？」

「世の中が悪いのよ！」

金切り声で、女は叫んだ。彼女は罪を否定しない。むしろ、認めてすらいるようだ。そのうえで、女は怒りとともに、大量の唾を吐き散らかした。どういうことかと、皆崎《みなさき》は眉根を寄せる。青筋も露《あら》わに、人形的な美を誇る女は、言葉をまくしたてはじめた。

「本当の私を受けいれてくれる人なんてひとりもいなかった！　母に言われて、姉に言われて、周りに言われて、私は自分の顔や肉体を整形手術で捨てたのよ！　私は私の形が好きだったのに！　みんなは醜い醜いと石を投げた！　ああ、それで、もう、前のとおりには完全にもどせやしない！　なら、上手《うま》いこと移動をするこの場所を利用して、人の大切なモノを奪ってやるわ！　そういう遊びをしてなにが悪いの！」

「そりゃ悪いですよ」

「なぜ⁉」

「だって、あなたさんが虐げている相手は、過去とは無関係な人たちだ。それなら、あなたさんの遊びとやらは復讐《ふくしゅう》ですらない。ただ、理不尽に、あなたさんは奪う側へと回っているだけじゃないですか？」

皆崎の言葉に、美しい女はぐっと息を呑《の》んだ。子供のように、彼女は表情を歪《ゆが》める。薄々、女にもわかってはいたのだろう。

自分の悪趣味な遊戯には、本当は大義などカケラもないのだと。

アアッと叫んで、美しい女は顔を覆った。作られた顔面に、彼女はぷつりと爪をたてる。まっすぐに、女は爪痕をひいた。肌に無惨な紅線《あか》を刻みながら、彼女は叫ぶ。

「でも、ダメ！　この苦しみ、この憎しみ、この怒り、なんともなりません！」

「そうでしょうね……ならば、この僕が助けてしんぜましょう。業を切るのが『魍魎探偵《もうりよう》』の役割なれば」

慈悲をもって、皆崎は告げる。わっと、女は泣きだした。

はげますように、ユミは空三味線《しやみせん》を鳴らす。

「べべん、べん」

「さてはて今宵《こよい》の『騙り《かた》』はふたつかな。ひとつは『迷い家の主人』という嘘《うそ》。もうひとつは『大切なものをさしだせば帰れる』という嘘。なれば、此度《こたび》の『騙り』はいかほどか」

歌うような声にあわせて、キセルは時計へと変わった。ふわりと黒いネジが現れ、ガチャンとその背中へハマる。カクンッと二回、ネジは回された。ふわりと時計は宙に浮かぶ。

くいっと、皆崎は口の端をあげた。

「二分。なれば」

「おうともさ！」

皆々様がた、ご笑覧あれ、とユミは床を蹴った。

みっつ回れば、その姿は細く美しい刀へと変わる。それは、皆崎《みなさき》の手に落ちた。瞬間、彼の姿も変わった。黒の着物に、女ものの紅《あか》い打掛を羽織り、皆崎は銀の刃《やいば》をかまえる。

『魍魎《もうりょう》探偵』は宣言した。

「これより、今宵《こよい》は『語り』の時間で」

＊＊＊

とんっと、皆崎は畳を蹴った。

その視線の先には美しい女が立っている。断罪を待ちわびるかのごとく、彼女は胸に両手を当てていた。女は逃げようとはしない。ただ、泣きそうな目で、皆崎を見つめている。

動かない姿へと向けて、彼は刃を振るった。

「語ってひとつ。人を騙《だま》して、大切なモノを奪ってはならぬ」

ふわりとひと薙《な》ぎ。皆崎は女を切った。血はでない。

だが、目を閉じて、彼女は安らかに倒れた。踊るように、皆崎は動く。

「語って最後」

「ええ、私⁉」

己を指さして、芸人がすっとんきょうな声をあげた。

ふむと、皆崎は止まった。

彼はサラリーマンの青年を殺して、体をバラそうとした。だが、未遂である。こうした状況に置かれさえしなければ、殺意すら抱くこともなかったに違いない。

じとりと、皆崎は芸人を見つめた。叱る調子で、彼は問いかける。

「反省は？」

「してますしてます」

「なれば、よかろう」

重々しく、皆崎はうなずく。

やれ助かったと、芸人はぽぉんと自分の腹を叩《たた》いた。

『魍魎探偵』はささやく。

「これにて、今宵の語りは仕舞《しまい》」

スッと、彼はまっすぐに刀を下ろした。カチッと、銀の時計が動く。

ちょうど二分が経過した。どろんっと、ユミと皆崎の姿は元に戻る。

皆崎《みなさき》の目が紅《あか》く染まり、少し色づいてまたもどる。ユミは歌う。

「べべん、べんべんべん」

お後がよろしいようで。

＊＊＊

自分でもどうにもならない憎悪から、女は解放された。

結果、彼女はさめざめと泣いた。己の罪の重さに対して、美しい女は涙を落とす。

「ごめんなさい、ごめんなさい、どうか堪忍してください」

「……これは」

彼女を慰める術《すべ》を、皆崎はもたなかった。

なにせ、美しい女の所業は惨《むご》すぎたからだ。

奥の小部屋に、皆崎たちは案内された。そこには水晶や札などの異能の証《あかし》に加えて、使い魔、宝物のたぐいが転がっていた。その間に、縮んだ耳朶《みみたぶ》や腐った指、干からびた眼球などが覗《のぞ》いていたのだ。女が奪ってきたものたちは、もう被害者の体へともどせやしない。

悪鬼のごとき罪に震えながら、彼女は手をあわせた。

「迷い家が元の場所へ帰ったら、私は尼寺に入りましょう。そうして、自分の罪を悔いながら、いつか地獄に堕《お》ちますとも。必ず償いはいたします」

「……あなたさんのしたことは、とり返しがつかない過ちだ。あまりにも愚かで残酷な失敗だ。それでも、生きている限り、なるべく人を助けて、善行を積みなさい。さすれば、常世の神様は必ず見ていてくださいますよ」

皆崎《みなさき》は告げる。こくこくと、女は何度もうなずいた。

他者のために生きると、皆崎に彼女は約束する。続けて、皆崎はあっちこっちと、宝物を漁《あさ》った。金の招き猫と現金の束の隙間から、彼は飯綱《いづな》使いの男の管を、無事に回収する。


やがて、迷い家は元の場所に帰り着いた。

なにごともなかったかのごとく、黒い門は開かれる。

それを待って、全員が疲れた疲れたと帰路に着いた。サラリーマンの青年と女学生は連絡先を交換した。芸人は女学生には断わられたが、意外にも青年と呑《の》みに行く約束をした。

最後に、美しい女が外に出る。

後悔は山ほどあるだろう。だが、彼女はぽつりと屋敷に向けて口にした。

「……今まで、ありがとう」

迷い家は、住人をもたない。

だからこそなにも言わない。

それでも、深々と頭をさげて、女は尼寺へと急いだ。

細い背中が遠ざかるのを見送って、皆崎はささやく。

「さて僕たちもまいりましょうか、ユミさんや」

「ああ、そうだな……」

なぜか、ユミはテンションが低い。

そんな彼女を連れて、皆崎は飯綱使いのもとへ戻った。

ふたりを迎えると男はたいそう喜んだ。ずっと眠ることもできずにそわそわと待っていたらしい。管からでてするりするりと懐くやわらかい憑《つ》き物に対して、彼は声を弾ませる。

「よう帰った。よくぞもどった。我が一族に代々憑き、仕えるものよ。おお、嬉《うれ》しいか。そうか、そうか。ようやく会えて、私も嬉しいぞ」

「それで、ユミさんの尻尾は……」

「ああ、返そう。もういらぬ。礼にもならぬが、三本すべてをもらってくれ」

ふわさと、男は黄金色をまとめて渡した。

皆崎《みなさき》が、それを受けとろうとした瞬間だ。

こんこんケーンと、ユミが鳴いた。

ぴょーんっと、彼女は飛んだ。ユミは尻へと尾をつける。

瞬間、彼女の姿は少し育った。ユミは女子高生程度の体躯《たいく》になる。すらりと長い手足を動かし、尾の中の妖力を使用して、彼女は恐ろしい速度で駆けて行った。

あっという間に、ユミの姿は見えなくなる。

さて、いったいなにが起こったのやら。

『魍魎《もうりょう》探偵』は首をかしげるのであった。

迷い家の主人

整形手術を強要され、
見た目を変えたことで心を病み、
迷い家に棲み続けることにした
悲しい過去を持つ。
迷い家の主人を騙るがただの人間。

第五の噺《はなし》／狐《きつね》の騙《かた》り

ひゅひゅうひゅうっ、ひゅるひゅるう、ひゅひゅうひゅっ。

ひゅひゅうひゅうっ、ひゅるひゅるう、ひゅひゅうひゅっ。


十月の空気をきって、ユミは山を進む。

少し育った今の彼女は、しなやかな手足をもっている。その身体能力はほぼ獣に等しい。人型でもなんら問題なく、ユミは複雑に歪《ゆが》んだ地を蹴った。斜面を滑り、倒木を蹴り、かと思えば、今度は木々の間を風のごとく昇っていく。そうして、ふたたび駆けおりた。

隣山をくだり、彼女は枯れた田んぼの広がる地へとたどり着いた。その片隅には——見覚えのある——貧相な家々がたたずんでいる。いつかの山賊の村へとユミはもどったのだ。

中に入ると、かつてのにぎやかな祭りの様相は、跡形もなく片付けられていた。顔を白布で隠した、村人たちの姿もない。皆崎《みなさき》に切られて改心し、逃げたのか。あるいは、巫女《みこ》様を名乗る九尾に殺されたのか。どちらかはわからず、知りようもない。

ともあれ、ユミは大声をあげた。

「たのもぉおおおおお、たのもぉおおおおおお！」

返事はない。しぃんっと、あたりは静まり返っている。

紅《あか》い目を、彼女は閉じ、開いた。ざわりと、風もないのにその白髪が揺れる。少し育った背を正し、ユミは口調を切り替えた。厳かに、彼女は低い声を押しだす。

「とんだ無礼を働くではないか。わかっておるのか？　弓御前《ゆみごぜん》が問うているのだぞ。貴様も妾《わらわ》の尾を使う九尾であれば、応えるのが筋ではないか？」

「…………確かにそのとおりでございます」

どろんと、その前に、優美な影が跪《ひざまず》いた。

巫女様だ。弓御前から借りている尾を振り、彼女は深々と頭をさげる。服を飾る紐《ひも》が地面へと垂れ、汚れた。重く切りそろえた髪の間から、巫女様は相応の礼をもってたずねる。

「ああ、弓御前様。人を騙り、企て、謀《たばか》った、伝説の九尾様。すべての狐の憧れのお方……尻尾をとりもどされたことで、あの忌々しき『魍魎《もうりょう》探偵』のもとから、離れることができたのでございますか？」

「そうともよ。妾がアレに付き従っていたのは、単に尾が一本しかなかったせいでな。こうして四本となった今では、従うに値せん。しかし……妾が尻尾を手に入れたことを、貴様は知っているのだな？」

「山の、狐たちから目撃情報を聞いておりました。しかしやしかし、あなた様が『魍魎探偵』を裏切って、逃げてこられるとは……こうして素晴らしい結果となりまして……私も嬉《うれ》しゅうございます」

「うむ、妾《わらわ》もすがすがしい気分よ。ようやく、あのロクデナシの探偵のもとを離れられた。これこそが自由。今ならば、なんでもできそうだ」

息を吐き、弓御前《ゆみごぜん》は笑う。その表情は晴れ渡った空のごとく、爽やかに美しい。彼女の言葉に、巫女《みこ》様は目を輝かせた。遊びに誘う子供のごとく、巫女様は浮かれた調子で問う。

「なれば、この世を我ら、ともに治めませぬか？」

「いや、それは叶《かな》わぬ」

「なぜ？」

つれなく、弓御前は首を横に振った。

理不尽だと巫女様は声をあげる。もしやあなた様ほどのかたが、怖気《おじけ》づくのかと。だが、ふっと、弓御前は無礼を鼻で嗤《わら》った。歳若《とし》い姿ではあるものの。彼女は威厳をもって語る。

「現世など、堕《お》としてもしかたがない。人間は雑草のように湧きだすものだからのう。そのうえ、今は統治者もグラグラで、誰が将かもはっきりとせぬとくる。ならば、狙うべきはべつにあろうというもの！」

「それは、もしや！」

「そう、妾たちが堕とすべきは常世のほうよ。どう足掻《あが》いても常世の神には届かなくとも、たとえば閻魔《えんま》大王の首を獲《と》れば、どのような妖怪も妾たちにかしずこう。あとは、その物量をもって人間どもを簡単に駆逐できる寸法だ。ふたたび、人と妖怪の大戦争といこうぞ」

「それは、それは弓御前様！　流石《さすが》の慧眼《けいがん》にございます」

巫女様は感激の声をあげた。涙さえ浮かべて、彼女はふたたび土下座をする。

うむと、弓御前はうなずいた。彼女は幼さの残る腕をあげる。


天の中心を、弓御前は不遜に指さした。


「いざや、行かん！　閻魔大王退治へ！」

べんべんべべん、べんべんべべんべん。

＊＊＊

どくん、どくん……どくどく、どくつく……どくん、どくん。

どくん、どくん……どくどく、どくつく……どくん、どくん。

生き物の心臓のごとく、大地は脈動している。その表面はやわらかでまるで肉のようだ。よく見れば血管に似た網目模様まで走っている。そばに渦巻く、アレは底なしの血の池か。胃袋の底のような、心臓のうえのような、子宮の中のような、不思議な場所であった。

それもそのはず。

ここは常世の奥。

地獄の底も底だ。

ここに来るまでに、ユミたちは地獄の獄卒たちとも遭った。だが、彼らは二匹の妖狐《ようこ》を見るや否《いな》や、戦うことすらせずに、これにてゴメンと逃げだした。片や、借りものの尾をふくむとはいえ、九尾。片や、半ば力をとりもどした、弓御前《ゆみごぜん》。鬼ごときに敵《かな》うはずもなし。彼らは分をわきまえているといえた。極卒たちにも知性はあるのですね。私に逆らった鬼よりも阿呆《あほう》ではないようですと、巫女《みこ》様はつんっと鼻高々に侮蔑した。

そうして、二匹は悠々と進んだ。たまに弓御前様の足が汚れますと、巫女様が自分の着物で血の染みなどを払った。やがて、周囲から妨害は完全に消えた。あとは楽な話である。

二匹は高台に設けられた、閻魔《えんま》大王の玉座の側《そば》まできた。

紅《あか》い坂道を昇りながら、巫女様は嬉《うれ》しげに声を弾ませる。

「あそこです、弓御前様！　ああ、ついに、ついに狐《きつね》の世がくるのですね！　もう人にも狩られず、狸《たぬき》にも馬鹿にされない！　ずっと、ずっと、待ちわびておりました！　野良のころより、このときを夢に見て、石に齧《かじ》りつく思いで修業をしてまいりましたもの！」

「ああ、………そうであろうなぁ」

「ややあ、我ら閻魔大王の首、を」

そこで愕然《がくぜん》と、巫女様は黙った。

あれ、あれ、と彼女はとまどう。


なにせ、がらんと、玉座は空だったのだ。

それどころか大量の血と灰が散っている。


改めて、巫女様は目の前を確認する。そこは地獄の玉座だ。まちがいない。だが、黒と金で彩られた豪華な座面には、誰の姿もなかった。閻魔大王の玉座は、虚《うつ》ろとなっている。

ありえないはずの事態だった。

地獄の判事長が、不在などと。

呆然《ぼうぜん》と、巫女様は声をあげた。

「……いない？　どう、して？」

「進めば進むほど、獄卒の姿は減る。その意味するところに気づかねぇとは。やっぱり、自前の尻尾が四本程度の狐はマヌケだな」

からりと、弓御前は口調を変えた。ハッと、巫女様は顔を凍らせる。バッと彼女は振り向いた。その視線の先で弓御前《ゆみごぜん》は冷たい瞳を返した。いや、違う。彼女は弓御前ではない。

『魍魎《もうりょう》探偵』の助手、ユミだ。

「まあ、言うべきことは色々あるけどよ」

次にナニを口にするか、ユミは悩んだ。それから、誰かに話したいという思いでもあったのだろうか。詩でもつむぐかのように、彼女は真実について唇を開いた。

「まずは土産に、教えてやるよ……おまえは考えたことはねぇのか？　どうしてなにが起きて、常世と現世が混ざっちまったのか」

「それは……どう、して」

すうっとユミは息をする。それは、今まで人間たちがどうしてと問い続けてきたことだ。なんで、どうして、こうなったのかと。混沌《こんとん》になぜ至ったか、誰か教えてくださいませと。

その、誰も知らないはずの答えを、ユミは知っている。

吸って、吐いて、彼女はそのおそろしい事実を告げた。

「閻魔《えんま》大王が死んだからだよ」

＊＊＊

閻魔《えんま》大王とは死者の生前の罪を裁く判事長。
地獄の管轄者。皆崎《みなさき》たち、裁定者の親玉だ。

だが、諸君は、覚えているだろうか。

今の今まで、皆崎は彼の存在を一度も口にはしなかった。

『常世の神様が見ていてくださる。常世の神は見逃さない』。そういうばかりで、罪に判定をくだすはずの、閻魔大王の名をだしはしなかったのである。その理由が、これだった。

閻魔大王は死んでいる。

常世には極楽もふくまれる。如来はそちらのほうを。閻魔大王は地獄を任されていた。
だが、管轄者は死に、境界は崩れた。
そのせいで、常世は現世に流れこみ、あれよあれよと、混ざってしまったのである。

今の混乱の、すべてのはじまりはこの玉座にこそあった。

閻魔大王は死に、血と灰だけが残った。

かくして、見事なまでに世はぐちゃぐちゃになったのだ。

だが、巫女《みこ》様にはその事実なぞはどうでもよかった。問題なのはひとつだけである。

これでは、閻魔大王を殺し、首を獲《と》るもない。

ならば、なぜ、ユミはここに彼女を招いたか。


「そんなの、簡単なことだぜい！」

巫女様の疑問を読んで、ユミは応える。バチンと、彼女はお茶目に片目をつむった。

そうして呼びかけるかのごとく高らかに声をあげる。

「俺様はユミ！　『魍魎《もうりよう》探偵』の助手だからよう！　すべてはアイツのためだけよ！」

「戦闘場所が常世であれば、僕は『騙《かた》り』に頼ることをせずとも――現世を歩くための姿を脱ぎ捨てて――裁定者の力を自在に使えますからねぇ」

合図を聞いたかのように――いや、真にそれは合図だったのであろう。

玉座の後ろから、黒い着物に、紅《あか》い打掛を羽織った姿が現れた。髪は銀色、目は蜜色。

震えるほどの美丈夫。その体からは、確かに人間とは異なる威圧が放たれていた。

今の外見こそ本来の、常世の裁定者たる、皆崎《みなさき》トヲルの姿だ。

「……『魍魎《もうりよう》、探偵』」

ぐうっと、巫女《みこ》様はうなりをあげた。ギリギリと、彼女は無意識に爪を噛《か》む。

巫女様は知りはしないことであったが――ユミとトヲルの作戦は、以前の会議でここまでちゃんと決まっていたのである。かつて、妖怪宿をでたあとのことだ。

人混みの中を歩きながら、皆崎トヲルは口にした。

『山には、恐らく妖狐《ようこ》の配下の耳がある……なれば、それを利用してやりましょう』

『そいつはいい案だ！　俺様が、ひと芝居うってやるぜ！』

『名女優、ユミさんの誕生だ』

『よせやい、照れるぜい』

『ふふふ』

『へへへ』

そうして、ふたりの張った罠《わな》に、巫女様はまんまと飛びこんでしまったのである。

バキンッと、巫女様は爪を噛み割った。胸元を押さえ、彼女は悲鳴のような声で訴える。

「おのれ、おのれ、弓御前《ゆみごぜん》！　私をたばかるか！　おまえを、あなた様を信じた、この哀れな狐《きつね》を！　私たちの強い、強い、憧れを、くたびれた男なんぞのためだけに、すべて袖にしようと言うのか！」

「そうやって言われてもよぉ。俺様は、まだ、弓御前じゃねぇ。ユミさんだ。こっちの俺様のほうが、俺様自身が好きなのさ！　弓御前なんて慕われてもよぉ。正直、くすぐったいだけなんでぇ！」

「おのれ、おのれ、おのれ、おのれえええ！」

かわいさあまって憎さ百倍。

許しはできぬ。生かしておけぬ。

この怨《うら》み、はらさでおくべきか。

そう、腕を動かし、巫女様は虚空から鎖鎌をひき抜いた。ぐるん、ぐるん、ぐるん、ぶぅうううんっと、彼女はそれを回す。戦意を失うことなく、巫女様は皆崎へ鋭く告げた。

「確かに、おまえは常世では『魍魎探偵』としての力を存分に奮えるだろうさ！　だが、これから先、私はなにも嘘《うそ》を言わない！　ゆえに、『騙《かた》り』で力を増すことはできない！　そうだろう？」

「よく知ってますねぇ。確かに、ユミさんのついた嘘は、こっちにとって有利になるシロモンだ。長く隠してきた秘密を吐露でもしない限り、仲間うちでの嘘《うそ》は『騙《かた》り』として力にはできやしません……そうしないと、自分たちで簡単な嘘をついて、いくらでも力を奪えちまうから、よくないや」

さらりと、皆崎《みなさき》はその事実を口にする。

そう、『長く胸に隠してきた偽り』でもない限り、その場限りの嘘は、皆崎やユミが口にしても『騙り』としては使えない。それが厳格で公平であるべき、常世のルールだった。

その事実を前に、巫女《みこ》様はにたりと笑みを浮かべる。

ならば、彼女にもまだまだ勝機があるというものだ。

「だろう？　それなら、こっちには弓御前《ゆみごぜん》様の尾が五本ある！　我らは互角よ！」

「ふうむ」

「簡単には討ち果たされぬとしれぃ！」

「……わかってないなぁ、あなたさん」

謡うような調子で、皆崎は呆《あき》れた。

えっ？　と巫女様は首をかしげる。前に現世で切りあったとき、確かに『魍魎《もうりょう》探偵』と彼女は互角であった。常世の裁定者とは実力差などない。そのはずだ。そうではないのか。

だが、今では違うと、皆崎は首を横に振った。

いったい、なにが違うというのか。

混乱に、巫女様は目をうるませる。

一方で、皆崎は悪い大人の顔でささやいた。

「では、ご覧にいれましょうか？」

「おうともさ！」

皆々様がた、ご笑覧あれ、とユミは床を蹴った。

ひとつ回ると、狐耳《きつね》が生える。ふたつ回ると、ふさふさの尻尾が四本ぼふっと膨らむ。

その色は黄金色。一本ならばまだしも、四本もあれば、まるで燃え盛る炎のよう。

みっつ回れば、その姿は禍々《まがまが》しい大太刀に変わった。

「あっ……ああ！　そんな！」

ようやく、巫女様は気がつく。

そうであった。過去に、ユミの尾は一本であった、だが、今では四本の尾をとり戻している。彼女の化ける武器の質は当然かつてとまるで異なった。得物の威力が変われば――自然の理で、攻撃の凶悪さも変化する。しかも、武器の使い手が達人であればなおのこと。

ぐっと、皆崎は大太刀をつかんだ。そのまま、彼は腕を振るう。

ぶぅんっと、虚空が切られた。刃先に燃え盛る炎が、尾を引く。

金色の武器を一度回し、

『魍魎《もうりょう》探偵』は宣言した。

「これより、今宵《こよい》は『語り』の時間で」

＊＊＊

「おのれ、おのれ、『語り』もなにもあるものか！」

混乱しながらも巫女《みこ》様は声を荒らげた。彼女は鎖鎌を放つ。

じゃら、じゃら、じゃらり、じゃらじゃら、じゃらりっ！

ソレは毒蛇のごとくしなやかに獰猛《どうもう》に、皆崎《みなさき》へ迫った。

だが、皆崎は立ち位置を変えることすらしなかった。

その場に不動のまま、彼はひゅるりと燃える大太刀を滑らかに回した。巨大な刃《やいば》に優しく撫《な》でられて鎖鎌はすとんっと切られる。熱せられたその断面はバタァのごとく滑らかだ。まさかのまさかと、巫女様は目を向いた。慌てて、彼女は刀を抜く。巫女様は地面を蹴った。皆崎は退《ひ》かない。応えるかのごとく、彼も前へ駆ける。大太刀を体の一部のように手にして、皆崎は流れるように動いた。だが、巫女様は、まだ諦めてなぞいなかった。果敢に、彼女は迎え撃つ。来るがいい。そう、巫女様は刀を両手で握った。その目が燃えた。彼女は命を懸ける気だった。それが野良の狐《きつね》の意地。妖怪としてのプライドだ。


この一撃にと巫女様は己のすべてをこめる。

だが、無駄なものはどうしても無駄なのだ。


皆崎は女体に触れるかのような繊細さで、大太刀を振るった。刀は四つに割られて、ぱたぱたと落ちる。どう切ったのか、どう斬撃を放ったのかさえ、わからないほどの早業だ。

最後の武器を失い、ひゅっと巫女様は短く喉を鳴らす。

かすかに紅《あか》く染まった瞳を光らせ、皆崎は口を開いた。

「語ってひとつ。人を扇動し、多くを殺してはならぬ」

「おのれえええええええええええええええええっ！」

巫女《みこ》様は叫んだ。だが逃げようがない。

ばっさり、ばさばさ、彼女は切られる。


けーんっと切なく鳴いて、巫女様は倒れた。その体から、血はでていない。だが、業と妖力の源を断たれ、どろんとただの狐《きつね》へともどった。はたりと、みすぼらしい姿が落ちる。

その尻から自然と、ユミの尾が外れた。

ふんわり、ふわふわ、それは宙に浮く。

ふうっと皆崎《みなさき》は息を吐いた。大太刀はどろんとユミへと変わる。ちらりとその姿を見て、皆崎は視線をもどした。あとは、この気持ちよさそうに浮いている尻尾を回収するだけだ。

五本の黄金色に向けて、彼は片手を伸ばした。

「やれやれ、これでようやく仕舞《しま》いだ……」

「そいつはどうかな！」

「えっ？」

瞬間、獣の速さでユミが奔《はし》った。ぱくりと、彼女は尻尾を咥《くわ》える。

驚きに、皆崎は目を丸くした。

その間にも、ユミは巫女様の拾っていた五本の尾を体につけていた。

九本の燃える黄金色がそろう。

それは、扇子のように開いた。

幼さの残っていた体は育った。胸は豊かに張り、腰はくびれ、手足が伸びる。

皆崎の肩から、自然と——今まで預かっていた——紅《あか》い打掛が舞いあがった。

ふわりと、それはユミの奇跡のような体を覆う。

今度こそ彼女は伝説の九尾に——弓御前《ゆみごぜん》にもどった。

ユミの幼い姿が嘘《うそ》のように、彼女は艶《あで》やかで、華やかだ。

その前で、皆崎は苦虫を噛《か》み潰したような顔をする。

「どういうことですか、ユミさん？」

「どうもこうもない。これこそが尻尾があると知ったときからの、妾《わらわ》の目的であった」

やわらかく唇を歪《ゆが》めて、弓御前は告げた。

巫女《みこ》様を『魍魎《もうりょう》探偵』に倒させ、その五本の尾を奪うつもりだったのだと。

そうして、九尾へと戻るつもりだったのだと。

だが、そんなことは皆崎《みなさき》たちの立てた計画にはなかった。だが、確かに巫女様を倒したあと、彼女はどうするとは口にしていない。だから、ユミは『騙《かた》って』はいないといえる。

だが、こんなもの、狐《きつね》の『騙り』と同じだ。

「まさか、あなたさんが僕を騙《だま》すとはね」

「ふふっ……これも、ひとつの仕返しよ」

「なんのお話で？」

低い声で、皆崎はたずねる。

彼に向けて、弓御前《ゆみごぜん》は目を細めた。ゆるやかに、彼女は真実を紐解《ひもと》いていく。

「妾《わらわ》とおまえの決着がつこうとしたとき。閻魔《えんま》大王の死んだとき。妾が、おまえに尻尾を切られたとき……そのまえに、おまえは『もう、妾に勝つ術《すべ》はない』と言った」

「そう、ですね」

「『魍魎探偵』は『語る』ばかりで、『騙って』はならぬ。そういう決まりだ。それは常世の重い禁忌よ。だから、アレは本当だった。だが、嘘《うそ》でもある。おまえは事前に、自分の力を妾に勝てないほどに削っていたのだ。あの運命のときに、おまえは」

妾の手で、死ぬことを望んでいたのであろう？

弓御前は問う。艶《あで》やかに、やわらかに、悲しそうに。

その問いかけに対して、『魍魎探偵』、皆崎トヲルは。

「ご存じで、ございやしたか」

己の罪を、

告白した。

巫女様

元は尻尾が四つの、あまり格の高くない狐のあやかし。
人の世で悪事を重ねていた。より強い力のユミ(弓御前)に憧れている。

第六の噺《はなし》／魍魎《もうりょう》探偵の騙《かた》り

遠い、昔の話をしよう。

そもそもなにがあって。
いったい、どうなって。

皆崎《みなさき》トヲルと。
九尾の、ユミ。

ふたりは探偵と助手になったのか。

運命の決したのは、あの時だ。

地獄の底の底、常世の奥での結末のとき。
最強の得物を手に、弓御前《ゆみごぜん》はささやいた。

「これで本当に仕舞《しま》いかい？　皆崎《みなさき》のトヲルよぉ」

「ええ、お仕舞いです。なにせね、僕には、もう」

あなたさんに勝つ術《すべ》がない。

だから、オサラバ、さらば。

『魍魎探偵《もうりよう》』は応える。弓御前《ゆみごぜん》はゆっくりとうなずいた。

皆崎は知っている。

彼女は、弱い女だ。

悪事を好むくせに情に脆《もろ》く、武に長《た》けるくせに戦いよりも遊びを好む。童子のごとく悪戯《いた》
戯《ずら》好きで本質は純粋。追って、追いかけ、求めて、戦い、皆崎はやがて理解した。弓御前のことを、自分は嫌いではない。それどころか、芯の芯では敵とすら考えてはいなかった。

むしろ、皆崎は弓御前を好いていた。

判定者として、醜い罪と騙《かた》りを目にするうちに、彼はひどく倦《う》み疲れていた。諦念の日々の中では、弓御前との追いかけっこだけが唯一の癒《いや》しだったと言ってもいい。

そう、だから、皆崎トヲルは、

彼女にひどいことをしたのだ。

「疲れ果て、擦りきれたこの身を、あなたさんの手で終わらせてくださいな」

彼は、弓御前に殺してもらおうとした。

長く、疲れた己を灰にしてもらおうと。

その答えに、弓御前は悲しそうな顔をした。本当に辛《つら》そうな、今にも泣きだしそうな表情を見せた。そうして、彼女はなにかを決意した。こくりと、小さく、弓御前はうなずく。

自慢の大弓を、彼女はぎりりと構える。処刑を待つように、皆崎は目を閉じる。そこで、
くるりと、弓御前は振り向き、

「これこそが、俺様の応えよ！」

閻魔《えんま》大王の玉座を撃った。

「待て待て待て、待たれい！」

「ハッハッざまぁみろ！」

慌てて、皆崎《みなさき》はその尾を落とした。

弓御前《ゆみごぜん》は、抵抗などしなかった。パッと、鮮やかに大量の血が散った。断ち切られた黄金は地獄をひら、ひら、ひらりと流れた——やがて、ソレは四本の尾を持つ狐《きつね》と、飯綱《いづな》遣いの男に拾われることとなる——そうして弓御前の血を浴びて、皆崎の体は完全に人間ではなくなった。皮肉なことに、死を望んだ結果、彼はそれから遠ざかったのである。

そして、弓御前の矢は当たった。

閻魔《えんま》大王は亡くなり、常世とこの世は混ざった。

その罰として弓御前はユミとなり、『魍魎《もうりょう》探偵』の助手を務めることとなったのである。

だがね、そいつはおかしいや。

閻魔大王殺しとは大罪だ。しかも、常世とこの世が大混乱に陥ってもいる。本当ならば、何百回と死のうとも償いようがない。それなのに『助手になるだけ』で済んだのはなぜか。

もちろん、理由があった。

そもそも、閻魔大王が健在であれば、矢は当たりなどしなかった。彼には、それだけの秀でた力があったのだ。なのに、なぜ、閻魔大王は血と灰と化したのか。

それにもまた、答えがある。裁定者とは擦りきれて、倦《う》み疲れるものだ。醜い罪を目に映し、重い罰を与える中で、皆崎トヲルと同様に、閻魔大王も摩耗しきっていたのである。

結果、彼は玉座で喉を突き、自ら死のうとしていたのだ。

弓御前の矢がひゅーっと飛び、当たったのは『もうすぐ、閻魔大王の命が尽きようとしているとき』であった。そのため、弓を放ったのは不敬なれども、決して殺害の罪にはあたらないとされたのだ。常世の神様は厳粛かつ、相応の罪のない妖狐《ようこ》の扱いは適当だった。

それに、閻魔大王はもう死んだのだ。

彼にこだわってもどうしようもない。

だから、極楽と地獄を見守る――常世の神様は、一計を案じたのである。

そうして、こうして、今があった。

ふたたび、紅《あか》く濡《ぬ》れた常世の奥底で、ユミはささやく。

「『騙《かた》り』がわかるおまえは気づいていたであろう？　常世の神の企てを」

あの時のように向きあって、ユミは問いかけた。

その言葉を、皆崎《みなさき》は歯を噛《か》みしめて聞いた。謡うように、彼女は重大な嘘《うそ》を暴く。

「『騙りを暴いて、徳を積め。さすれば人間に戻って、おまえはようやく眠ることができる』とは――実は真っ赤な嘘」

「……ユミさんも、気づいていたんですか」

苦々しく、皆崎は問う。

それに、ユミ――いいや、弓御前《ゆみごぜん》は、首を横に振って続けた。

「ユミではない。今は弓御前。そう、常世とこの世をもどすには、新たな閻魔《えんま》大王が必要なのだ。それには、類まれなる裁定者しかなれない。常世の神はな、人ではない体をもつおまえに罪の判定を重ねて行わせて経験を積ませ、その目を真っ赤に染めて――そうして、新たな閻魔大王にしようとしているのだよ」

「……わかって、いましたとも」

「ならば、なぜ、逆らわなんだ」

低く、弓御前は責めるひびきをもって問う。

皆崎は応えはしない。ただ彼は黙り続ける。

弓御前は首を横に振った。そうして、彼女は女の恋慕と、母の慈愛をもってささやく。

「閻魔大王の身分は単なる裁定者よりも、さらなる重責。永遠の苦痛……このまま『魍魎《もうりょう》探偵』として旅を続ければ、おまえはそれに変わり、終わりなくすり潰されることとなる。優しい、おまえが」

「ユミさん、あなたさんは」

「そんな終わりは、妾《わらわ》には認められぬ。だから、このときを狙っていたのだ！」

血を吐くように、弓御前は告白する。

ずっといっしょにいようなぁと笑いながら、彼女は待っていたのだ。

『魍魎探偵』の逃れようのない運命を歪《ゆが》め、変えられる日を、ずっとずっと狙っていた。

「尾をとりもどし、弓御前にもどり、常世の神から混沌《こんとん》とした世を奪う！　妾が王となり、新たな閻魔大王は据えずに、統治を行う！　常世の神の思いどおりになど決してさせぬ！」

堂々と、弓御前《ゆみごぜん》は宣言した。瞬間、その覚悟と気迫に応えるかのごとく、彼女の周りに炎が湧きたった。まばゆい黄金色が激しい熱を放つ。それに照らされた、弓御前は美しい。

禍々《まがまが》しく壮絶に、彼女は王としての器を見せた。

凄《すさ》まじい熱量に押されながらも、皆崎《みなさき》は訴える。

「それでは、常世とこの世は混ざったままになる！」

「だからどうした！　妾《わらわ》にはどうでもよいことだ！」

「なにより、常世を背負うは重荷も重荷！　今度はあなたさんが永遠の苦痛に晒《さら》されることになる、優しい、あなたさんが！」

一歩、皆崎は前にでた。じゅうっと肌が焼ける。美しい銀髪が、ちりちりと焦げて、炭へと変わった。それでも止まることなく、彼は前へ進んだ。そうして、必死に呼びかける。

「止《や》めるんだ、ユミ！」

「……妾は、弓御前よ」

重々しく、弓御前は首を左右に振る。

皆崎は知っていた。彼女は弱い女だ。

その優しさと脆《もろ》さを知りながら、皆崎は彼女の手で終わりたいと殺される道を選んだ。

それがひどいことだと知りながら、弓御前に命を預けてしまった。

結果、弓御前は八本の尾を切られて、元の姿にはもどれなくなったのだ。

『なぁ、皆崎のトヲルよう』

彼女と歩きながら、彼は。

『おまえは、俺様がいねぇとまるでダメだもんな』

皆崎トヲルは長く長く後悔をし続けてきたのだ。

『ええ、本当にそうだ』

「これ以上、あなたさんに、僕のために罪を背負わせるわけにはいかない！」

「だが、どうする。もう、妾という大太刀はなく、『騙り《かた》』もここにはない。力を増さねば、妾には敵《かな》わぬが、おまえにはその術《すべ》がないのだ」

ここで、終わりよ。

悲しく。優しく、弓御前《ゆみごぜん》はほほ笑む。

ああ、アアと、皆崎《みなさき》は思う。もしかしてあの時――オサラバさらばと言われた瞬間――彼女も同じきもちだったのか。胸が熱い。悲しくて、もどかしくて、辛《つら》くて、愛《いと》おしい。

だからこそ、このままにはしておけない。

故に、皆崎は『その言葉』を口にすることをためらいはしなかった。

「『騙《かた》り』ならばありますぜ」

「…………えっ？　なにを？」

「さあ皆々様方、ご笑覧あれ！」

皆崎は、大声を張る。

これが最後の一服だ。

くるり、彼は手を動かした。ガチリとキセルを食《は》む。

ひと吸い、ひと吹き、ひと言――――そうして、

「これより、今宵《こよい》は『騙り』の時間で」

＊＊＊

『魍魎《もうりょう》探偵』は、『騙らぬ』。

ただ『語る』ばかりだ。


そのはずが。


「長く偽ってきましたがね……本当は、眠れるかどうかなんてどうでもよかったんですよ」

皆崎トヲルは騙り紡ぐ。

己自身のついた嘘《うそ》でも、長く胸に秘めてきたことならば『騙り』となる。

そうして『魍魎探偵』は『語る』ばかりで『騙って』はならぬ。

そう決められていると知りながら。ただただ、彼は禁忌を口にする。

「ユミさんといっしょに、手を繋《つな》いで旅をする。なるべく長く、ともにいる。そのあいだに『騙り《かた》』を集めて力をあげて、あなたさんが悪さをできないように縛りをかけて、けれども九尾の身にもどしてさしあげること……以降、僕自身が閻魔《えんま》大王にされようが、そんなこたぁどうでもいい」


ただ、それだけが僕の本当の目的でごさんした。

べべん、べんべんっ。べべん、べんべんべんっ。


皆崎《みなさき》は『騙りきる』。


その背後に、ユミの空三味線《しやみせん》の音が聞こえた気がした。

唖然《あぜん》と、弓御前《ゆみごぜん》は口を開ける。彼女は声を掠《かす》れさせた。

「そんな愚かな！『魍魎《もうりよう》探偵』が『騙って』は……っ！」

「さて、此度《こたび》の『騙り』はいかほどか」

歌うような声にあわせて、ふわりと黒いネジが現れた。ガチャンと時計の背中の穴へとハマる。カクンッ、カクンッと回されて……しかし……ネジは大きく震えだした。

『魍魎探偵』と、ただの人や妖怪の『騙り』では重さが違う。

致命的なほどに、時計全体へ罅《ひび》が入った。

カシャアアアンッと、それは割れる。

溶けた銀色は細身の剣をなした。奇妙な形はまるで時計の針のようだ。ふわりと、それは空中へ浮びあがる。滑らかな柄《つか》を、皆崎は手にとった。くいっと、彼は口の端をあげる。

「時間は無限。無限は零に同じ。なれば」

「皆崎のトヲル！」

「これにてごめん」

銀の針で、皆崎は金の炎を切った。ごうっと、光と熱は払われる。

慌てて、弓御前は大弓をかまえようとした。だが、宙に編みかけた炎までをも断ち切られる。秘伝の『千年焼却乃金色火炎大弓』をだすことさえ叶《かな》わない。ありえない事態だった。思わず、ユミは言葉を失う。だが、消せることも当然。

なにせ、皆崎は、今、無限と零の力を手にしているのだ。

すべてを切れるし、すべてを消せるし、すべてを裂けた。

皆裂きの名のとおりに。

そうして、涙とともに、皆崎《みなさき》は語る。

「語ってひとつ……僕のためになど生きてはならぬ」

彼は弓御前《ゆみごぜん》に迫った。まるで口付けでもするかのごとく、ふたりの影が重なり、離れる。

ザッとすれ違い、皆崎はその尾を裂いた。

サクッと、軽やかな音が鳴った。パッと、血が鮮やかに散る。

五本がはらはらはらりと地獄のどこかに飛んでいった。尾を失った妖狐《ようこ》など脅威にならない。これでもう、ユミは地獄の支配者になれはしなかった。だが、そこまでやりとげたときだ。皆崎は針をするりと落とした。しかし、その具現化時間に、終わりはないはずだ。

単に皆崎の右手がバラバラに砕け散ったのである。

『魍魎探偵《もうりようたんてい》』が『騙《かた》った』ことによる、対価だった。

時計と同じように、それよりひどく皆崎の体はひび割れていた。

まるで強く熱せられ、冷たい水をかけられた陶器のようだ。変化に耐えきれず、黒の着物がまず消えた。常世の中でも、彼はくたびれたスーツに山高帽を合わせた姿へともどる。痛々しい浸食は顔まで進んだ。ぱきぱきと、皆崎は割れる。砕けて、崩れ、散っていく。もう、彼は目も見えない。少しずつ紙のように儚《はかな》く千切れながら、皆崎は悲しく言った。

「ごめんね、ユミさん」

「あっ……、あっ……」

ふらふらふらと、皆崎は手を伸ばした。尾を失い、少し縮んだ弓御前の頭を見つける。いい子、いい子と撫《な》でて、皆崎はほほ笑んだ。

そうして残された左手で、彼は山高帽を外す。

それを胸に押しつけて、皆崎トヲルは優雅に礼をした。

「『魍魎探偵』、今宵《こよい》で仕舞《しま》いで」

はじまりがあれば終わりは必然。

ふたりの旅は、これでおしまい。

オサラバ、さらばと言うやつだ。

「ばっ、バッカやろう！　常世の王なんてやめだ、やめ！」

瞬間、弓御前《ゆみごぜん》は残りの尻尾をつかんだ。

黄金色は握られて、悲鳴に似た音を立てて軋《きし》む。痛みに耐えながら、彼女は一本だけ残してぶちぶちとひき千切った。パッと血が散る。はらはら、はらりと、尾は飛んでいった。

それは、どこか遠くへと流れていく。また、誰かに拾われるために。

だが、彼女はまったく見向きもしない。

ぽんっと、弓御前はユミへともどった。

そうして、彼女は皆崎《みなさき》へと駆け寄った。必死に笑いながら、ユミは訴える。

まるで、何事も起きてはいないように。いつもどおりに、普段のとおりに。

「ほらほら、どうよ！　かわいい俺様だぜぇ！　これでもう元通りよ！　ずっと旅をしようぜ！　ずーっと、いっしょにいようぜぇ！」

返事はない。それでも、ユミはアハハと笑った。

大きく胸を張って、彼女はその言葉を口にする。

「おまえ、俺様がいないと、まるでダメだもんな……皆崎《みなさき》の、トヲル、よう……」

もう、そこには、誰の姿もない。

後には山高帽だけが落ちていた。

「う……あっ……あっ、うわああ、ああんっ！」

子供のように、ユミは大声で泣く。

こうして地獄には平穏がもどった。

めでたし、めでたし。

お後がよろしいようで。

常世の裁定者・皆崎トヲル

死者の生前の罪を裁く判事・
閻魔大王の下で、
この世とあの世のバランスを保つために
人や妖怪の業を切る。
しかしその仕事に疲れて
死を望んだ。

九尾の弓御前

常世の裁定者である皆崎に追われて、
その戦いの中で閻魔大王を殺し
罰として助手になる。
常世とこの世が混ざる原因になった。

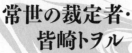

エピロォグ

とんからりんとん、からんからん、ぴしゃん。

とんからりんとん、からんからん、ぴしゃん。

奇妙に、軽快な音が鳴る。屋台街の提灯《ちょうちん》が並んだ温かな宵闇の中へ、不思議なひびきは明るく広がった。それでいて調子はずれな歌のごとく、その音色はどこか悲しげでもある。

とんからりんとん、のくりかえし。

ソレに惹《ひ》かれたのか、ひとりの少女が足を止めた。

「……………あっ」

ユミであった。

ぼうっと、彼女はヘンテコリンな手回しオルゴールを見つめる。

調教済みの猿にハンドルを回されながら、それは同じ調子で歌をつむいだ。

とんからりんとん、からんからん、ぴしゃん。

とんからりんとん、からんからん、ぴしゃん。

かつて、彼女はここから、皆崎《みなさき》トヲルの手をつかんで逃げたのだ。

懐かしい、夢のような日々を思いだして、ユミは涙を流す。

「皆崎の、トヲル、よう」

あれから、ずいぶんの時が経《た》っていた。

地獄の底で山高帽を胸に、彼女はずっと泣き続けた。だが、地獄の極卒にでていくように言われて、ふらふらと歩きだしたのだ。常世の神様は尾を切られた狐《きつね》になど、かまいはしなかった。無事に、彼女は外へとさまよいでた。尾の痛みに震えながら仰いだ空は、青く晴れていた。太陽は白くまぶしかった。大切な存在はいなくなったのに、世界は続いた。

そうして、ユミは、もう探偵の助手でもなく、ひとりきり。

どう生きればいいのかわからず、彼女はあちこちを回った。

浜辺では、人魚に会った。

漁師に釣られることなく、碧《みどり》は生きていた。遠く伝え聞く家族も、どんちゃんどんちゃん元気にしているらしい。なんのつもりか、姉のみどりは定期的に海に花を投げるという。ユミの話を聞き、お気の毒にと、碧は首を横に振った。それから、少し考えた。自分にはなにもできないけれどもと、前置きして、彼女は言葉を続けた。

「愛《いと》しい方を守れたことは、あの人にとっての幸いだったのだと思いますよ」

茉莉奈《まりな》は、夫とともに病院で働いていた。

サァカスの面々も、バタバタと細々と営業を続けているという。『死なない件《くだん》』で稼いだ資金は百五十年先までもちそうだとの話だ。愛子《あいこ》と団長は家族計画を立てているらしい。

茉莉奈に導かれて、ユミは件の——彼女の子の——墓を訪れた。生まれてから、予言をしてすぐに死んだ赤ん坊は、病院の裏手の、日当たりのいい場所に埋められていた。

手を合わせるユミに、母は語った。

「生きていなければ死ぬこともできません。彼は確かに生きたのだと思います」

山姥《やまんば》は妖怪宿の受付を務めるようになっていた。

奇妙奇天烈《きてれつ》、やかましくも傲慢な客の不満を、彼女はその穏やかな笑顔で受け流していた。どうやら、天職らしい。下界も楽しいと、山姥《やまんば》は控えめにほほ笑んだ。だが、鬼のことは忘れていないという。これからもずっと忘れはしないと、山姥は語った。

「私たちは、守られましたもの。だからこそ、生きていかなくてはと思うのです」

美しい女はもう一度、整形手術をしたという。

それでなるべく、昔の面相にもどしたらしい。これは、私の区切りをつけるためだったと、彼女は語った。そうして、今では約束したとおりに尼寺ですごしていた。そこは静かで優しい、いい場所だった。他の尼僧たちにユミを紹介したあとに、彼女はお茶を呑《の》ませてくれた。そして、穏やかな口調で語った。

「どんなに辛《つら》くとも前に進んでください。そうして善をなせばきっといいことがあります」

「……いいこと、か」

今、ユミは唇を噛《か》む。

見世物小屋の板の隙間からは、今日の催しが覗《のぞ》いていた。どうやら、本日は絡新婦《じょろうぐも》らしい。どう見ても偽物な八本脚を眺めながら、ユミはこんなのを見て人間は楽しいのだろうかと思った。前に楽しいと思ったのはずっと前だ。そうして彼女は謡うように声をあげた。

「ああ、虚《むな》しいなぁ。なにもかも虚しいなぁ、おまえがいないとよぉ」

「絡新婦、か……」

そこで声が聞こえた。

懐かしい、あの声が。

恐る恐るユミは顔をあげて、

心臓が止まったかと思った。

＊＊＊

とんからりんとん、からんからん、ぴしゃん。

とんからりんとん、からんからん、ぴしゃん。

とんからりんとんのくりかえし。ソレに惹《ひ》かれたのか、ひとりの青年が立ち止まった。

カチリッと、彼はキセルを噛《か》んだ。

ひと吸い、ひと吹き、ひと言。

「今日も、人は騙《かた》っているねぇ」

この幸いを、
この奇跡を、
この喜びを、
なんと言おう。

ユミにはわからなかった。ただ、彼女は震える口を開く。

そうして、思ったままに、胸の底から言葉を押しだした。

「お、おい、デクノボー！　かわいい俺様が見ていないと、おまえってやつはすぐにこれだよ。そのままぼーっと眺めてたらよぅ！　モンドームヨウで見物料をとられるんだぜ！」

「おや、あなたさんはなんです？　急にそんな親しげに……」

青年は首をかしげる。その目を見て、ユミは絶望した。

彼にはまったく、彼女の記憶はないらしい。

だが、まちがえようがなかった。

そのくたびれたスーツ姿、山高帽。整った人のよさそうな顔は。

皆崎《みなさき》トヲル。

彼女の相棒、『魍魎探偵《もうりようたんてい》』である、失われた人だ。

その手を攫《さら》うようにとって、ユミは走りだした。

「いいから、俺様についてきな！　こういうときは逃げるが勝ちよ！」

彼女は獣じみたすばやさで駆けだす。下駄《げた》のカラコロ鳴る音と、革靴のカッカッと鳴る音がかさなった。ふたりが離れた、直後のことだ。見世物小屋の中から、あこぎそうな店主がでてきた。間一髪、ユミたちは難を逃れる。太い腕を振り回しながら、店主は叫んだ。

「バッカやろうが！　うちのを見たのなら金を置いてけ！　ただじゃねぇんだぞ！」

無視して、ユミは先を急ぐ。やはり、皆崎トヲルも駆けるのが速い。

あれよあれよという間に、ふたりは店主を置き去りにした。

そうして、足を止める。

屋台街は遥《はる》か後方。気がつけばあたりは濃い闇に包まれていた。

ここらへんは、路面も十分に舗装されていない。石ころを蹴っ飛ばして、ユミは言った。

「よぅ、皆崎《みなさき》のトヲルよう！」

「だから、なんなんですか、あなたさんは……僕は『妖怪探偵』であることだけが確かでして、記憶は定かじゃございませんが……あなたさんは知りあい……なのかなぁ。そんなものいたのかなぁ。どうだろう」

ううんと、皆崎は悩みだす。

瞬間、ユミはすべてを悟った。こんなことができるのはただひとり。

常世の神様だけだ。

皆崎トヲルが死ねば、次の閻魔《えんま》大王候補はいない。

だから、神様は皆崎の『騙《かた》り』の罪を赦《ゆる》したのだ。

そうして、彼は生きてもどった。

だが、記憶はきれいさっぱり消されてしまったのだ。

今度こそ、皆崎をつつがなく閻魔大王にするために。

ユミは思う。拳を握り、歯を噛《か》みしめながら考えた。

（ばっかやろう）

（神様なんざ、クソ食らえだ）

この瞬間、ユミは決意した。

必ず、『神殺し』をなしとげると。

そうして、皆崎トヲルの背負わされた、クソッタレな運命を打破すると。

固く、彼女は心に強く定める。けれども今はそれどころではなかった。

涙をぬぐって、ユミは口を開く。なるべく明るく、彼女は声をあげた。

「俺様の名はユミ！　ユミさんって呼びなぁ！」

「ユミ、さん……はて、聞いた覚えがあるような、ないような……」

「今日から、俺様はおまえの助手よ！」

「しかし、『妖怪探偵』に助手なんて」

「バッカやろう！　『妖怪探偵』なんてしょぼい名前は止《や》めだ、止め！　おまえはな」

すうっと、ユミは息を吸う。

そうして万感の思いをこめて、にかっと笑って言い放った。

「『魍魎《もうりよう》探偵』、皆崎《みなさき》トヲルよ！」

しばらく皆崎はとまどっていた。

だが、ユミが手をさしだすと、自然とそれを握った。

今までずっとそうしてきたように、彼女と皆崎は並んで歩きだす。

ぎゅっと手を繋《つな》いで、足を運びながら、ユミは謡うように言った。

「ずっと、ずーっといっしょにいようぜい、皆崎のトヲルよう」

「……ええ、そうしやしょうか」

「おまえ、俺様がいないと、まるでダメだもんなぁ！」

「ああ、そうですね」

きっと、そうだ。

皆崎《みなさき》はささやく。

ふたりは、進む。

道は長く、

道は険しく、

それでもともに。

かくして、物語はつづく。

今宵《こよい》も、『魍魎《もうりょう》探偵』は騙《かた》らない。

あとがき

さあさぁ、よってらっしゃい、みてらっしゃい。

はじめましての方ははじめまして、綾里《あやさと》けいしと申します。

この度は「魍魎探偵今宵も騙らず」をお買いあげいただき、誠にありがとうございます。

こちらは、第一回MF文庫Ｊｅｖｏという短編のコンクールで、優勝した作品の長編版となります。「第一の噺《はなし》／人魚の騙り」はほぼそのままに、連作短編とすることで、全体として一つの話となるように仕上げました。常世とこの世が混ざったことから始まるお祭り騒ぎ。魍魎探偵・皆崎《みなさき》トヲルと助手・ユミの日々をお楽しみ頂けたのでしたら幸いです。(ちなみに、「第一の噺／人魚の騙り」も基本は変わっていませんが、多くの点で修正が入っています。読み比べていただけたら楽しいかもしれません)

元々、MF文庫Ｊｅｖｏに参加することになった経緯についてお話しますと、すべては担当編集のM様のおかげでした。こちらの企画に興味があればとお持ちいただき、綾里は短編を書くのが大好きなので、喜び勇んで参戦が決定。複数提出したアイディアの中で、じゃあこれをと魍魎探偵をお選びいただき、以降は好き勝手に書かせていただきました。

正直、和に魍魎《もうりょう》に探偵と、ライト文芸ならばともかく、ライトノベルには向かないかなと思った題材だったので、選んでいただけて驚くと同時に、書くのが凄《すご》く楽しかったです。

そのうえ、どれも面白い作品たちの中で、優勝をすることができて光栄の至りでした。こうして、本となることも叶《かな》って、とてもとても嬉《うれ》しいです。ありがたいことです。

ＭＦ文庫Ｊｅｖｏの時にご選出いただけた読者の皆様に感謝を。

そして、改めて本を手にしてくださった皆様、初めましての方々にも心よりお礼を申し上げます。本はお読み頂いてようやく完成するものなので、「魍魎探偵今宵《こよい》も騙《かた》らず」をお楽しみ頂けたのでしたら、本当に幸いに思います。

また、これからは御礼コーナーに参ります。

絵師のモンブラン様。魅力的なイラストの数々をありがとうございました。皆崎《みなさき》とユミのキャラクターデザインを頂いた瞬間から、テンションが上がりっぱなしでした。編集のＭ様、なにからなにまでお世話になりました。そして、出版にたずわさってくださった皆様と、支えてくれる両親に深くお礼を申し上げます。なによりも、読者の皆様に、改めましてありがとうございました。

そして、「魍魎探偵今宵も騙らず」はなんとも畏れ多いことに、オーディオドラマを作っていただきました！　まだ、こちらを書いている時点では聞いていないのですが、声優様のお名前を拝見し、きっと素晴らしいものができているものと信じております。そちらに関わってくださった皆様も本当にありがとうございました。なんでこんな幸運に恵まれたのかがわかりません。実際に耳にする日が本当に楽しみです。

それでは、そろそろあとがきはおしまいです。

また、魍魎探偵の騙らぬ夜に、

再びお会いできれば幸いです。

「ファンレター、作品のご感想をお待ちしています」

あて先

〒102-0071　東京都千代田区富士見2-13-12
株式会社KADOKAWA　MF文庫J編集部気付
「綾里けいし先生」係　「モンブラン先生」係

MF文庫J

魍魎探偵今宵も騙らず

2023年 7月 25日 初版発行

著者 綾里けいし

発行者 山下直久

発行 株式会社 KADOKAWA
〒102-8177 東京都千代田区富士見 2-13-3
0570-002-301（ナビダイヤル）

印刷 株式会社広済堂ネクスト

製本 株式会社広済堂ネクスト

Printed in Japan ISBN 978-4-04-682659-6 C0193

◇◇◇

等生《ート》・綾瀬咲のライバル・七瀬レナ
破天荒な彼女の青春を描いた
『グッバイ宣言』好評発売中！
グッバイ宣言
コミカライズも
月刊コミック電撃大王にて
好評連載中！
MF文庫J

かいりきベアの
大人気楽曲をキャラクター化した
悩める少女たちの不思議な青春ストーリー！
ヘノム
求愛性少女症候群
第1～3巻　好評発売中！
コミカライズも
月刊コミックジーンで好評連載中！
MF文庫J

ド屑
原作・監修：なきそ
著者：五月什一
イラスト：鮫島ぬりえ
あの『ド屑』から生まれた衝撃の問題作！
好評発売中！

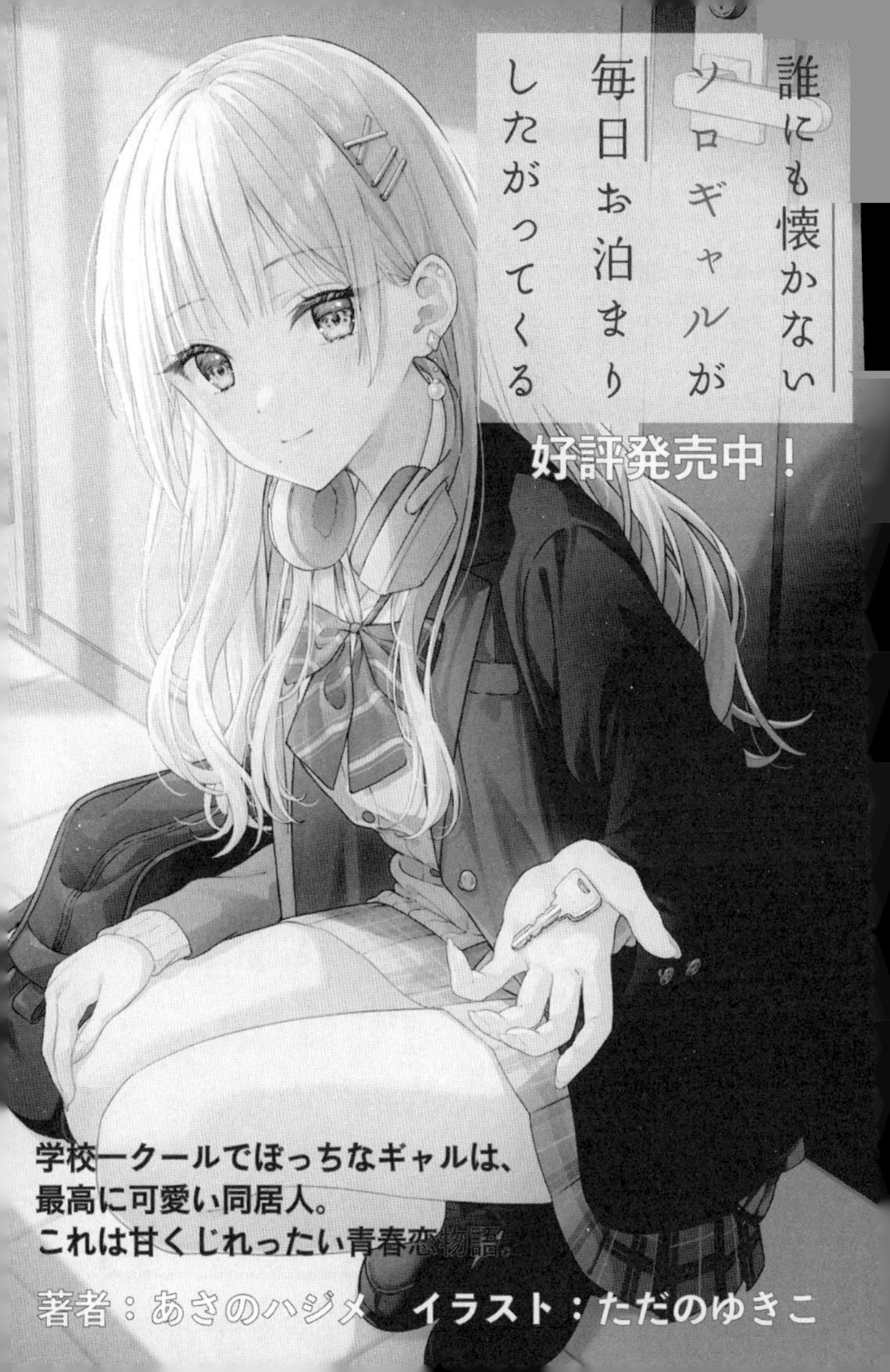
誰にも懐かないソロギャルが毎日お泊まりしたがってくる
好評発売中！
学校一クールでぼっちなギャルは、
最高に可愛い同居人。
これは甘くじれったい青春恋物語。
著者：あさのハジメ　イラスト：ただのゆきこ